Couverture inférieure man ante

JULES RENARD

Bucoliques

PARIS

PAUL OLLENDORFF, ÉDITEUR

28 BIS, RUE DE RICHELIEU, 28 BIS

1898

*Il a été tiré à part
.*. exemplaires sur papier du Japon,
25 sur papier de Hollande
numérotés à la presse.*

BUCOLIQUES

DU MÊME AUTEUR

Les Roses (*épuisé*).
Crime de village (*épuisé*).
Sourires pincés.
L'Écornifleur.
Coquecigrues.
La Lanterne sourde.
Le Vigneron dans sa vigne (*épuisé*).
Poil de carotte.
Histoires naturelles.
La Maîtresse.
Le Plaisir de rompre, comédie en un acte.

En préparation :

Les Tablettes d'Éloi.
Le Pain de ménage.

———

A LA MÉMOIRE DE

MON PÈRE

QUI FUT UN SAGE

19 juin 1897.

LA LUTTE QUOTIDIENNE

PRÉFACE

LA LUTTE QUOTIDIENNE

> « Il faut en France beaucoup de fermeté,
> et une grande étendue d'esprit pour se pas-
> ser des charges et des emplois, et consentir
> ainsi à demeurer chez soi et à ne rien faire.
> Personne presque n'a assez de mérite pour
> jouer ce rôle avec dignité, ni assez de fonds
> pour remplir le vide du temps, sans ce que
> le vulgaire appelle des affaires. Il ne man-
> que cependant à l'oisiveté du sage qu'un
> meilleur nom, et que méditer, parler, lire
> et être tranquille, s'appelât travailler. »
>
> LA BRUYÈRE.

I

Lève-toi matin. Ne devrais-tu pas être debout dès l'aurore ? Et quatre heures, c'est trop tard. Les vignerons sont dans leurs vignes. Devance-les. Le premier, salue le soleil !

Si tu es riche, paie un serviteur qui, cha-que matin, d'une respectueuse poussée, te jette sur la descente de lit, car ta femme est faible. Elle te retient. Elle dit que tu as le temps et elle t'amollit par sa tiédeur.

Ne te poses-tu jamais cette question : Si tu te couchais et te levais plus tôt, quelle serait ton œuvre? Songe à la mobilité de l'esprit : la pensée que tu viens d'avoir, tu ne l'avais pas il y a une seconde, et déjà elle t'échappe. La lettre que tu écris, le livre en train, si tu variais tes heures de sommeil et de travail, seraient autres. Tu ne te servirais ni des mêmes idées, ni des mêmes mots. Toute ta vie intellectuelle changerait de forme et de qualité. Tu perds peut-être quotidiennement, à dormir, à manger, à faire la bête, l'instant unique où tu aurais du génie.

Ce problème insoluble ne te trouble guère. Réveillé, tu te plais, sans honte, au lit. Le médecin te dit que sept heures de repos suffisent à un homme de ton âge. Tu dors le double et tu réclames, après une nuit de quatorze heures, ta sieste.

— C'est mauvais pour la digestion, dit le médecin.

Et tu lui répliques :

— Pour celle des autres. Moi, je digère mieux.

— Marchez, dit le médecin.

— Je dormirais debout.

— Déjeunez frugalement.

— Je dormirais avec la faim.

— Buvez du café.

— Le café m'empêche de dormir, mais il me laisse le besoin de dormir.

Et tu t'étends sur ta chaise longue.

Tu dors mal, le cou cassé, la chair en proie aux fourmis, le cœur aux remords. Tu rêves de gens qui travaillent, si laborieux qu'ils ne te regardent même pas et que tu devines seulement leur pitié. Et tu dors dans l'oppression, comme on nage entre deux eaux, ni asphyxié, ni libre de respirer.

Ah ! pince-toi, dresse-toi, secoue ta tête qui frappe l'air comme un lent marteau, et vite au travail !

Le travail, voilà le dieu sévère de qui tout dépend.

Sans le travail, le reste n'est rien. Je te le jure par l'expérience universelle.

Cet inconnu de la rue passe léger, heureux et souriant. Je sais pourquoi : il a bien travaillé. Et je sais pourquoi un autre s'esquive, l'allure oblique et les épaules rapprochées. Et quand une tuile te tombe sur le nez, ne cherche point la cause de sa chute. Tu récriminerais vainement et, loin de te consoler, je te dirais avec sécheresse :

— Tu ne travailles donc pas qu'il t'arrive malheur ?

Et surtout, il ne faut jamais tricher.

II

Non, ne triche pas.

Travailler, pour un écrivain, ce n'est ni lire, ni copier des notes, ni observer, ni rêvasser, ni compter ses anciennes dépenses d'énergie.

Et d'abord, tu rejettes loin de toi les livres des autres. Puis tu t'assieds devant une table où tu n'as que de l'encre et du papier. Et il est nécessaire que ta poitrine touche la table. Sinon, tu mettrais les mains dans tes poches, et tu fixerais le plafond. Approche-toi, saisis ferme ta plume et prends de l'encre. Et que tes yeux n'aillent point errer sur le mur ou se promener par la fenêtre. Mais penche la tête et tourne ton œil en dedans. Et si ta plume sèche, reprends de l'encre, afin d'être prêt. Et laisse ta montre tranquille. Comme un mendiant, sûr d'avoir sonné et que la maison est habitée, s'enracine à sa porte, toi, reste immobile. Ton esprit fait le mort, lasse-le par de patientes provocations. Il cèdera. Bientôt la première idée bouge. Elle arrive.

— Et si ça ne vient pas ?

— Ça vient toujours.

III

Mais, lâche incorrigible, tu as disparu ; tu es dehors et tu vas, le long du lac, jusqu'au banc, te reposer. Les sapins font cercle derrière toi, et devant, le lac multiplie ses sourires puérils. Tu écoutes, tu renifles, tu vois. Cette nuit, des amants ont aplati l'herbe du bord. A tes pieds, une bête qui a plus de mille pattes et des couleurs si riches qu'elle semble tombée du soleil, met une année au moins de sa vie à traverser les sables de ce petit désert. Une odeur résineuse te monte au cerveau. Pour décoller tes idées, tu te glisses dans ta barque, et comme ramer te fatigue, tu ouvres un parapluie qui te sert de voile

1.

...et que la brise incline à son gré. Au milieu du lac, tu t'arrêtes et tu regardes le coteau.

On y rentre les foins secs, et des fermes aux prés fauchés, les travailleurs vont et viennent obstinément.

Il n'y a pas de route « carrossable ». Il faut rentrer le foin à dos d'homme. Le porteur descend de la ferme avec son crochet. Les femmes le chargent et peignent son foin au râteau, de peur du gaspillage. Il remonte à la ferme, courbé, enfoui ; ses jambes seules dépassent. Il suit le chemin étroit et raide, où çà et là une pierre le cale. Parfois il hésite à une rigole d'eau courante et ses jambes s'écartent un peu plus. Sa meule de foin l'étouffe et le tire en arrière. Il s'acharne et la sauve d'une pluie prochaine.

C'est la prairie qui grimpe.

Comme tu te trouves bien !

Au bout du toit de la grange un pinson répète par intervalles égaux sa note héréditaire. A force de le regarder, l'œil trouble ne le distingue plus de la grange massive. Toute la vie de ces pierres, de ce foin, de ces poutres et de ces tuiles s'échappe par un bec d'oiseau. Ou plutôt la grange même siffle un petit air.

L'ombre des sapins se teinte selon les nuages. L'eau élastique obéit à ta moindre pesée.

Le lac ne cesse de se rafraîchir aux sources de la montagne. Chants de coqs, cloches de vaches et voix de chiens, les échos répètent tout et tu en profites : Ton cerveau se remet à neuf. Tu t'approvisionnes d'images, de bruits et d'odeurs. Tu te gorges jusque-là.

Le porteur de foin qui, déchargé, s'essuie le front, envie ta fainéantise. Il a tort ; il te juge mal. Il croit que tu ne fais rien, mais au fond, n'est-ce pas ? cher ami, tu fais ce qu'il fait : tu rentres ton foin pour l'hiver.

PHILIPPE

BUCOLIQUES

PHILIPPE

I

Il n'a pas de métier spécial; il sait seulement tout faire. Il sait conduire un cheval, panser le bétail, tuer un cochon, faucher, moissonner, fagoter, mesurer et empiler du bois sur le petit port du canal, jeter l'épervier, cultiver un jardin. Il sait faire le serrurier, le menuisier, le tonnelier, le couvreur et le maçon. Mais, quelque travail qu'on lui commande, il ne l'accepte qu'après avoir réfléchi. Je crains toujours un refus.

— Philippe, pourriez-vous réparer cette

cheminée qui finira par tomber sur la tête de quelqu'un?

Philippe regarde longtemps la cheminée, calcule ce qu'il faudrait d'échelles, de briques, de mortier, et dit :

— Oh! ma foi, monsieur, c'est possible.

— Philippe, voulez-vous planter là une pointe?

Il observe l'endroit du mur que je désigne, la pointe, le marteau.

— Par Dieu! dit-il, tout de même il y aurait moyen.

II

— Je suis venu au monde avec mes deux bras, dit Philippe.

A leur mariage, ils avaient, sa femme et lui, quatre bras. Chaque nouvel enfant ajoute les deux siens. Si personne de la famille ne s'estropie, ils ne manqueront jamais de bras, et ils risquent seulement d'avoir trop de bouches.

Philippe habite la maison qu'habitait son père. Il a fait bâtir une grange près de la maison et la grange neuve est bien mieux que la vieille maison qui menace ruine. D'abord, on ne voit pas clair à l'intérieur de cette maison. Il faudrait remplacer la porte pleine par une porte-fenêtre; mais on en parlera une autre fois. Ce qui presse, c'est le toit de chaume : il s'affaisse et s'éboulera si on ne change la grosse poutre du milieu.

— Il n'y a plus à reculer, se dit Philippe.

Il achète une poutre et la charroie devant la porte de sa maison, et c'est tout ce qu'il peut faire pour le moment. Il la mettra sur le toit, plus tard, quand il aura de quoi payer une couverture de paille fraîche. La poutre reste par terre, à la pluie, au soleil, dans l'herbe, et les gamins s'amusent à courir dessus, quand ils sortent de classe.

IV

— Qu'avez-vous donc à la main ?

— Je me suis coupé un morceau du poignet, dit Philippe.

Il souffre moins qu'il ne s'étonne. Il a pu, jusqu'ici, couper avec sa serpe, sans une égratignure, des arbres durs, gros comme la cuisse. Or il veut ce matin couper une mince petite baguette. Il faut croire qu'il vise mal et qu'il y met trop de force. Il manque la baguette et sa serpe lui entaille le poignet jusqu'à l'os. La blessure se cicatrisera, mais elle bâille bien grand. La baguette, restée au bois, l'a échappé belle.

— Je crois qu'il le fait exprès, dit sa femme. A chaque instant, il lui arrive des jours pareils.

Et elle raconte qu'une autre fois il vient de nettoyer un coin de la grange afin d'y battre un peu de blé. Le sol est net comme une table. Philippe grimpe en haut, par l'échelle, pour descendre une gerbe. Sa fourche mal piquée cède et il tombe, en arrière, dans la grange. On le relève avec trois trous à la tête, trois trous qui faisaient une grosse bosse.

Je vois que Philippe, qui écoute sa femme, s'apprête à rire.

— Oui, monsieur, dit-elle, imaginez-vous qu'il tombe juste à la place qu'il avait si proprement balayée!

A ces mots, Philippe éclate de rire.

Mais Mme Philippe, qui est une femme courte et ronde, ne rit pas. Elle agite ses petits bras de lézard et me dit :

— Entendez-moi, monsieur ; après chacune de ses bêtises, il reste des semaines sans travailler. Il est temps que ça finisse et je lui promets que, s'il recommence de faire le braque, je lui jette un pot d'eau bouillante à la figure.

V

C'était un beau canard à queue bouclée,
gras et de riches couleurs, et qui portait son
bec, comme une large barbe, au milieu du visage. Chacun se réjouissait de le manger,
mais personne ne voulait le tuer. La servante
même, qui le tenait par les pattes, faisait des
grimaces. Heureusement Philippe travaillait
non loin de là, au jardin ; il vit notre embarras
et dit :

— Apportez-le moi.

Je prévoyais la scène. J'avais envie d'aller
ailleurs. Je me forçai à rester. La servante
tendit à Philippe le couperet de cuisine. Après
en avoir tâté du doigt le tranchant, il préféra
sa serpe. Il appliqua sur une bûche plate le

ventre du canard. La tête dépassait un peu, ahurie, presque immobile.

— Attachez-lui sa tête avec une ficelle, dit la servante. Je tiendrai le bout, sans quoi il va retirer la tête.

— Il n'aura pas le temps, dit Philippe.

Et d'un seul coup de serpe, tandis que nous fermions les yeux, il fit voler la tête du canard.

Puis il l'éleva en l'air et le laissa saigner.

Le canard décapité battait de l'aile et, d'un effort spasmodique, dressait son cou rouge et ruisselant.

Il avait la vie dure.

Et bientôt il rendit par le cou et non par le bec (son bec était là-bas, au pied du mur) les dernières graines avalées.

— Il dé-mange, dit Philippe retourné à son travail.

Le canard mollissait. Toutefois ses plumes se gardèrent longtemps chaudes.

On félicita Philippe.

— C'est à croire, lui dis-je, que vous avez pris des leçons de Deibler.

Il répondit gravement :

— Jamais personne ne m'a montré.

— Et ça ne vous fait pas quelque petite chose?

— De tuer un canard, non, dit Philippe. Peut-être que si c'était une autre bête!... Mais les canards, j'en tuerai tant qu'on voudra.

VI

Philippe et Mme Philippe ne sont jamais venus à Paris et Mme Philippe n'a pas envie d'y venir.

— Pourquoi?

— Parce que, dit-elle, si j'avais soif dans les rues, comment donc que je ferais pour boire un coup d'eau?

Au contraire, Philippe voudrait bien voir Paris. Il a même failli le voir. En ce temps-là, il était domestique chez le fermier Corneille qui lui dit :

— Je ne peux pas m'absenter cette semaine. Tu vas prendre ma place et accompagner le toucheur qui mène nos bœufs au marché de la Villette.

Déjà on avait embarqué les bœufs, et Philippe, qui portait une veste sous sa blouse, montait dans les wagons à bestiaux, à côté du toucheur. Il était content, il riait, il parlait fort, lorsque accourut le fermier Corneille :

— J'ai réfléchi, dit-il ; je peux aller à Paris.

— Alors, moi, dit Philippe, je reste?

— Naturellement, dit le fermier Corneille. Nous n'avons droit qu'à deux places dans le wagon à bestiaux. Et d'ailleurs, quand je ne suis plus à la ferme, personne, excepté toi, n'est capable de la garder.

Philippe s'en retourna, déçu d'une part et flatté de l'autre.

VII

Le ménage Philippe travaille dans le jardin. Philippe relève et noue les poireaux. Il leur fait, dit-il, des chignons. Mme Philippe, à genoux, allume, en plein air, la lessiveuse avec du papier et des bûchettes et elle écoute si le feu pétille. Elle dit bientôt :

— Je crois qu'il commence à faire la vie.

— Venez, leur dis-je, prendre une tasse de café.

Comme s'ils étaient sourds, il faut que je les appelle une seconde fois. Ils ont bien entendu et s'observent de loin. Puis, sans que je sache quel signe les a mis d'accord, ils quittent ensemble leur ouvrage, et, préoc-

cupés d'arriver ensemble, ils s'approchent
d'un même pas, les yeux baissés.

— Sucrez-vous.

Mme Philippe, la première, pince des doigts
un morceau de sucre qu'elle pose avec précaution dans sa tasse.

— Sucre-moi aussi, dit Philippe.

— N'es-tu pas capable de te sucrer tout
seul? dit Mme Philippe qui me regarde.

— J'ai les mains trop sales, dit Philippe.

Mme Philippe pince un autre bout de sucre
et le met sur la table.

— Le laisses-tu là? dit Philippe.

— Faut-il donc, dit-elle, que je l'apporte
jusque dans ta tasse?

— On finit ce qu'on commence, dit-il.

Ils font ces manières autant par gêne que
pour se taquiner. Et c'est encore Mme Philippe qui, la première, remue son café et se
brûle les lèvres à la tasse fumante. Non qu'elle
soit effrontée, mais elle veut prouver à Philippe qu'elle a moins peur que lui du Monsieur.

VIII

— Qu'avez-vous mangé hier, madame Philippe?

— Notre reste de lapin maigre.

— Pourquoi maigre?

— Parce que nous ne l'engraissons pas avant de le tuer. Il reviendrait trop cher. Depuis trois jours, nous vivons dessus à six personnes. Je l'avais coupé en dix-huit morceaux. J'en ai fait cuire six dimanche avec des oignons, six lundi avec des carottes et six hier avec des pommes de terre.

— Et plus on allait, meilleur c'était, dit Philippe.

— Mais vous en aviez chacun gros comme une noix?

— Regardez ce goulu-là, dit Mme Philippe ;
il s'en donnait mal au ventre.

Philippe rit selon son habitude. C'est-à-
dire qu'il ouvre la bouche comme s'il riait et
que sa peau cuite fait des plis serrés autour
de ses yeux. On n'est pas sûr qu'il rit. Les
yeux clairs tranquillisent par leur gaieté puérile, mais la bouche qui bâille inutilement
trouble un peu. Et quand cette bouche se
ferme, la figure de Philippe cesse de vivre.
Elle ressemble à une motte de terre dont sa
barbe serait l'herbe sèche.

IX

Les Philippe peuvent s'offrir un lapin maigre au moins, par an; mais il leur arriva
une fois, en 1876, de si bien manger qu'ils
ne l'oublieront jamais. Ils recevaient la visite
d'un cousin éloigné, et Mme Philippe eut
l'idée de le fêter par un repas où elle ne mé-
nagerait rien.

Elle alla consulter Mme Loriot, la cuisinière
du château.

— Je veux, dit-elle, faire à notre cousin
une soupe qui le régale. Enseignez-moi une
soupe.

— Quelle soupe? dit Mme Loriot.

— Une soupe comme la vôtre, une soupe
de riches.

— Oh! moi, je connais tant d'espèces de soupes, dit Mme Loriot. que je vous engage à faire un pot-au-feu. C'est ce qu'il y a de meilleur et de moins difficile.

— Faudra-t-il mettre du pain dedans? dit Mme Philippe.

— A votre place, dit Mme Loriot, j'y mettrais du vermicelle. C'est plus distingué.

Mme Philippe courut s'approvisionner et, rentrée chez elle, vida un plein sac de vermicelle dans son pot, avec le bœuf et les légumes.

Et, le soir, elle servit d'abord le bouillon où chacun put déjà goûter quelques brins de vermicelle qui excitèrent l'appétit.

Puis elle servit les légumes et le gros du vermicelle.

Et elle servit enfin la viande de bœuf et le reste du vermicelle qui s'y était collé comme par un jour d'orage.

X

Mme Corneille fut une fermière économe,
et il ne lui arriva qu'une fois dans sa vie
d'offrir quelque chose à un de ses domestiques. Il faisait chaud, chaud, ce jour-là ;
jamais peut-être il n'avait fait si chaud. Inoc-
cupée et à l'ombre sur sa porte, elle regardait
Philippe, alors domestique chez les Corneille,
barbouiller de vert une charrue. Coiffé d'un
vieux petit chapeau déteint, sans forme, et
qui n'était pas de paille, il suait, il fondait, il
gouttait. La peau de sa figure devenait rose
tendre. Juste sous le soleil, il travaillait tête
basse, et, observé par sa maîtresse, il écar-
tait la couleur, comme un vrai peintre.

Mme Corneille, quoique dure pour les autres et pour elle, ne put se retenir.

— Venez boire un coup, Philippe, dit-elle bourrue.

Philippe ne prit pas le temps de s'étonner. Il vint, comme s'il obéissait à un ordre, et entra derrière Mme Corneille, après avoir quitté ses sabots. Mme Corneille tira du seau une bouteille qui rafraîchissait et elle emplit un verre.

— Avalez, dit-elle, à peine moins impérieuse que si elle eût donné de l'ouvrage.

Philippe but sans cérémonie, comme un trou dans une terre sèche, et brusquement il ôta de sa bouche le verre encore à moitié plein. Il frissonnait, les lèvres rétrécies, toussant et sourcillant.

— On croirait que vous grimacez, dit Mme Corneille. N'est-il pas bon?

— Si, si, maîtresse, dit Philippe qui tâchait de rire.

— Vous dites si, comme vous diriez non. Le vin aurait-il un goût?

— Non, non, maîtresse.

— Cette fois, vous dites non, comme vous

diriez oui, fit Mme Corneille, du ton qu'elle prenait quand les choses allaient se gâter. Puisque notre vin n'a pas de goût, il vous déplaît donc? J'aime mieux le savoir. J'irai vous en chercher du meilleur.

— Pour ne pas mentir, maîtresse, il a un petit goût suret, mais c'est plutôt agréable, dit Philippe mal à l'aise.

Il vida le verre, mit ses sabots et retourna colorier sa charrue au soleil.

— Et après, dis-je à Philippe qui hésitait, finissez. Pourquoi, en buvant, faisiez-vous la moue?

— Parce que, dit Philippe, la maîtresse m'avait versé, au lieu de vin, du vinaigre.

— Du vinaigre! Ah! ah! mon pauvre vieux Philippe.

— Oui, de ce vinaigre rouge qu'elle fabriquait et qui emportait la mâchoire.

— Et vous ne disiez rien?

— Je n'osais pas.

— Ce n'était qu'une erreur de Mme Corneille.

— Je ne savais pas.

— Comment? Supposiez-vous qu'elle vous
attrapait?

— Qu'est-ce que je devais croire? Aujour-
d'hui même je me le demande. J'étais fort
embarrassé. Je me disais : « Si la maîtresse
ne le fait pas exprès, faut-il la mortifier, pour
une fois qu'elle est gracieuse avec un domestique? et si elle le fait exprès, si elle s'amuse,
faut-il l'empêcher de rire? » Et, dans le doute,
je me taisais.

— Mme Corneille s'est aperçue de la méprise?

— Elle ne m'en a point parlé.

— Vous pouviez lui raconter l'histoire plus
tard. Elle aurait ri.

— Elle ne riait guère, dit Philippe, et elle
n'aimait pas avoir tort. Chaque fois que le
mot me venait au bout de la langue, je rava-
lais ma langue.

— Ce qui m'étonne, c'est que vous ayez eu
le courage de boire le verre tout entier.

— C'était moins mauvais à la deuxième
moitié.

— Cela vous brûlait?

— Ça piquait un peu l'estomac. Comme la maîtresse regardait ailleurs, j'ai couru m'éteindre avec un pot d'eau fraîche. Les gencives m'ont écumé toute la nuit. Mais le vinaigre est sain. D'abord on est malade, et puis on se trouve fortifié. Je n'y pense plus.

— Peut-être que votre ancienne maîtresse y pense toujours. A votre place, je voudrais en avoir le cœur net.

— Un monsieur comme vous peut-il se mettre à la place d'un domestique ?

— Accordez-moi, Philippe, que vous avez de la bonté de reste.

— Je ne dis pas le contraire.

XI

En semaine, Philippe ne va pas à l'auberge, et le soleil seul cuit ses joues ; mais
chaque dimanche, après vêpres, le vin achève
de les cuire. Non que Philippe se saoule ;
il boit avec mesure, pour se récompenser, et
il fait durer le plaisir. Ce n'est que très tard
qu'il éprouve une espèce de joie puérile
et bruyante qu'il connaît bien. Aussitôt il
s'arrête de boire et quitte l'auberge. Sur
la route, il exagère un peu son ivresse ; il
s'amuse à gesticuler, à briser sa ligne de
marche et il ne perd pas la tête quand arrive
une voiture.

Puis, dès qu'il aperçoit notre maison, il
s'inquiète.

— Qu'est-ce que le Monsieur dira ?

Il rentrait heureux et je vais gâter sa journée.

Il devine que je le guette de la terrasse du jardin, où j'ai l'habitude de respirer l'air du soir, et il faut qu'il passe devant moi, pour rejoindre sa femme, déjà couchée. Il hésite, immobile à la porte du jardin, et je l'entends souffler.

Enfin, résolu, il pousse la porte : son ombre frôle la mienne ; il lève son chapeau d'un geste humble et court, à peine visible, et murmure : « Bonsoir ! »

Et il tâche de bien suivre le milieu de l'allée, de peur d'écraser une fraise.

C'est l'heure où le coucou chante avec sa voix de poterie brute.

Demain matin, Philippe se lèvera encore plus tôt que d'ordinaire, il travaillera avec repentir, taciturne et le nez bas, comme pour enterrer l'odeur de vin restée à son haleine.

XII

Le soir, sa soupe mangée chez lui, dans l'obscurité, Philippe vient souvent respirer le frais à côté de moi. Il apporte sa chaise, s'installe à califourchon, sort ses pieds lourds de fatigue et les met sur ses sabots, à l'air. Il bourre à moitié sa pipe et la tend à son petit garçon, Joseph, qui court l'allumer lui-même au feu de notre cuisine et qui tire les premières bouffées. C'est ainsi que le petit Joseph s'apprend à fumer, puis il va s'asseoir dans un coin, et il bâille jusqu'à ce que le goût du tabac ne lui fasse plus mal au cœur.

Tantôt j'interroge Philippe et il me questionne à son tour, par exemple, sur les étoiles. Je récite tout ce que je sais d'elles, et il me dit que le petit Joseph les connaît bien aussi et qu'il a déjà du plaisir à regarder le ciel.

— Où est-elle, gars, la Grande-Ourse? lui dit-il. Indique voir au Monsieur?

Le petit Joseph, sans se lever de son coin, sans ôter les mains de ses poches, remue à peine la tête, lance au ciel un coup d'œil qui s'arrête à la visière de sa casquette, et dit :

— La Grande-Ourse, elle est droit là.

Tantôt nous préférons nous taire, immobiles et mystérieux. Je ne distingue presque plus Philippe et le petit Joseph, car la nuit, profitant de ce qu'on bavardait, s'est glissée entre nous, comme une chatte, et nos voix, comme des rats peureux, restent dans leurs cachettes de silence.

XIII

Le petit Joseph n'ira plus à l'école, parce qu'il en sait assez long, et il a profité hier de la grande louée de Lormes pour se louer. Il gardera les moutons du fermier Corneille. Il est nourri et blanchi. On lui donne cent francs par an et les sabots.

Il couchera dans la paille, près de ses moutons, et il sera debout avec eux, dès trois heures du matin.

— Je me suis loué du premier coup, dit-il avec fierté.

Il portait un flocon de laine à sa casquette, ce qui signifiait : « Je me loue comme berger ». Ceux qui veulent se louer comme moissonneurs ont un épi de blé à la bouche.

Les charretiers mettent un fouet à leur cou. Les autres domestiques se recommandent par une feuille de chêne, une plume de volaille ou une fleur.

Joseph arrivait à peine sur le champ de foire que le fermier Corneille l'attrapa :

— Combien, petit ?

Joseph ne dit pas deux prix. Il dit : « Cent francs », et le fermier le retint. Et comme Joseph oubliait de jeter par terre la laine de sa casquette, on l'arrêtait encore. Il se serait loué vingt fois pour une et chacun voulait l'avoir parce qu'il était doux de figure. Il s'amusait bien en se promenant. Au retour, il eut de la tristesse, mais son père Philippe le consola :

— Écoute donc, bête, tu seras heureux comme un prince ; tu auras un chien ; tu partageras avec lui ton pain et ton fromage, et il ne voudra suivre que toi.

— Oui, dit Joseph, et je l'appellerai Papillon !

XIV

Et Joseph connaît maintenant le plaisir d'avoir de l'argent à soi, dans sa poche. Il ne dépense jamais rien. Un sou de gagné, c'est un sou d'économisé. Il connaît le plaisir d'avoir un chien docile qui ramène les moutons lambins, et les serre de près, sans les mordre, et le plaisir d'avoir un fouet. Il fouaille de bons coups qui cassent les oreilles et retentissent par le village. La mèche usée, il s'assied au bord du fossé, quitte un sabot, une chaussette, noue le fouet à son orteil, et la jambe raide, il se tresse, les doigts fréquemment mouillés, une longue mèche de chanvre neuf.

XV

Il se trouve plus heureux que son frère
Gabriel qui s'est loué l'année dernière. Non
que les maîtres de Gabriel soient méchants,
ils ne lui rendent pas exprès la vie dure,
mais il faut qu'aux époques de labour il se
lève chaque matin à deux heures. Il va chercher les bœufs au pré, pour qu'on les attelle
à la charrue.

La nuit est noire et le pré loin. Gabriel traverse d'abord avec assurance le village en-
dormi, mais, aussitôt qu'il a dépassé l'auberge, la peur le prend. Ses yeux, pleins de
sommeil, distinguent mal, à droite et à gauche, le fossé, les arbres immobiles, le canal
muet, la rivière chuchoteuse et, de temps en

temps, une borne de la route. Mais ce qui l'impressionne le plus, c'est, quand il arrive au pré, d'ouvrir la barrière grinçante.

Le voilà seul dans les herbes où son pied tâtonne. Il perd la tête, il tombe à genoux et demande à Dieu pardon de ses péchés. Sa prière ardente et brève lui redonne du courage. Il devine que les bœufs sont cette blancheur là-bas. Il les écoute se dresser et respirer bruyamment, et il s'approche d'eux, les bras tendus.

— Holà! Rossignol! dit-il d'une voix faussée, où es-tu?

Ce n'est pas Rossignol, c'est Chauvin qu'il touche le premier. Il le reconnaît à son poil usé au flanc gauche par le timon. Le poil de Rossignol s'use au flanc droit. Et Gabriel reconnaît aussi les cornes de Chauvin. Celles de Rossignol sont égales et Chauvin n'en a qu'une tout entière; l'autre est cassée et le bout manque.

Dès que Gabriel tient la plus longue dans sa main, il lui semble qu'il se réveille, que les ténèbres se dissipent et qu'il n'a jamais

eu peur, 'et il serre fortement la corne. Chauvin s'ébranle d'un pas de laboureur; Rossi
gnol marche derrière avec docilité et les deux
bœufs ramènent Gabriel au village.

XVI

— A leur âge, me dit Philippe, j'étais loué depuis longtemps. Je me rappelle que la première fois que j'ai couché avec mes moutons, je ne savais pas où faire mon lit. J'ai mis une botte de paille dans le râtelier pour y dormir. Quand je me suis réveillé le matin, les barreaux talaient mes côtes. Il ne restait plus un brin de paille sous moi. Les moutons m'avaient mangé mon lit. Et je me rappelle que la nuit suivante, il faisait un gros orage. J'avais peur tout seul. Je me suis levé pour aller près de mon chien qui dormait sous un chariot dans la cour ; c'était une compagnie.

En ce temps-là les petits bergers et les

petits porchers étaient traités dur. On ne leur donnait que du pain.

— Rien avec ?

— Rien que l'eau de leur soupe.

— Pas de salé ?

— Ni salé, ni légumes, ni un œuf, ni un morceau de fromage. Je vous le dis : rien que du pain. Avant d'aller au champ ils coupaient au pain commun ce qu'il leur fallait pour la journée et c'était fini. Demandez aux fermiers Colin qui se sont retirés et qui vivent de leurs rentes. Mme Colin défendait au berger et au porcher de rester là, quand les autres domestiques se mettaient à table. On aurait pu passer en cachette, aux gamins, un peu de fricot.

— Quels avares, que ces Colin !

— Ils avaient raison, dit Philippe. C'est de cette manière-là qu'ils sont devenus riches. Aujourd'hui nos gamins ont de la chance. Ils se louent mieux que les autres domestiques. On les recherche parce qu'ils sont commodes. Une ferme a toujours besoin de deux servantes, d'une forte fille pour les gros ouvrages

et d'une plus jeune pour l'aider. Mais celle-ci,
on la remplace avec avantage par un gamin.
Il peut faire tout ce qu'elle fait. Il peut encore
porter la soupe au loin dans les champs, et il
ne craint pas les ouvrages malpropres. Il faut
un lit à une fille, à un gamin il ne faut que de
la paille. Aussi on les paie de plus en plus
cher, on les soigne comme des hommes.

XVII

C'est pourquoi la rage de se louer tient le dernier des Philippe à son tour, le petit Émile, qui n'a pas dix ans. Elle le tenait déjà l'année passée, et son père a dû le calotter. Elle le reprend plus fort cette année, mais Philippe refuse.

— Non, lui dit-il, quand je dis non, c'est non.

Quelque espérance reste au cœur d'Émile. Il obtient la permission d'aller voir, au moins, les autres se louer.

Il ne peut durer ce matin au lit. Enfin son père se lève ; ils partent et personne n'arrive avant eux sur la place où se fait la louée. Par jeu, Émile met à sa bouche une feuille de

chêne en signe qu'il est à louer. Comme son
père lui dit de l'ôter, il la mange. Il regarde
venir les voitures pleines de monde et les
bandes de domestiques qui tiennent la largeur
d'une route. Tous ne sont pas des environs. Il
en est qui viennent de loin. Émile observe de
préférence les gamins de son âge qui circu-
lent librement à la recherche d'un maître. Il
ne fait pas attention aux colporteurs qui ven-
dent des ceintures, des chaînes de montre et
des porte-monnaie. Les femmes se mêlent, à
part, aux filles qui veulent être servantes.
On se dévisage, on attend des offres, on cause
peu ou plutôt, tournant sur pied, on se récrie.
Parfois un groupe se détache et entre à l'auberge.

Tout à coup un fermier passe devant Émile
et s'arrête.

— Est-il loué, ce petit gars-là ? dit-il.

Émile, malade d'émotion, baisse la tête et
Philippe répond pour lui :

— Non, il n'est pas loué et il n'est pas à
louer.

Le fermier s'éloigne. Les lèvres d'Émile

tremblent, grimacent et il se met à pleurer.
On rit de son chagrin, autour de lui, moi le
premier.

— Écoute, lui dis-je, si tu veux, je te loue
à mon service. J'achèterai un cochon, et
chaque jour, après la classe, tu viendras le
prendre pour le mener au champ. Tiens, mets
dans ton porte-monnaie tes quarante sous
d'arrhes.

Émile croit que je moque de lui comme
les autres. Il se détourne, chine plus fort et
du pied râpe la terre.

Philippe agacé le secoue.

— Si tu ne te tais pas, dit-il, je vais te
flanquer une paire de calottes. Au moins tu
sauras pourquoi tu pleures. Et si tu veux
rester, reste, moi je rentre.

Et il fait semblant de le laisser là. Mais à
peine a-t-il le dos tourné qu'Émile le rattrape
et se cache dans sa blouse.

XVIII

Aux dernières élections municipales, Philippe ne s'est pas présenté, ou plutôt on ne l'a pas présenté. Pourtant les deux listes rivales, celle du curé et celle des radicaux, lui ont fait des offres.

— Faut-il vous porter, Philippe?

— Comme vous voudrez, dit Philippe.

Ce n'était là qu'une réponse habile.

— Les forces des deux partis sont égales, cette année, se disait Philippe. Personne ne sait qui sera battu. Je ne veux pas me compromettre, je ne me fie qu'au hasard, et je me laisse mettre sur les deux listes.

— Il ne tient pas à rester sur la mienne, pensa le curé. D'ailleurs, il doit me détester

personnellement, parce que j'ai fait donner
à ma nièce la place que voulait sa fille au
château. Je le raie.

— Il se dit républicain, pensèrent les radicaux, mais il parle au curé et il va à la messe.
Cédons-le à l'ennemi.

C'est pourquoi Philippe ne fut porté sur
aucune liste. Les électeurs crurent qu'il s'abs-
tenait, et il lui fallut du courage pour cacher
sa surprise, quand il n'entendit pas son nom
sortir des urnes.

Il avait désiré, tout jeune, être membre
du conseil. Une première fois élu, il n'avait
pas cessé de voir ses électeurs lui renouveler
leur confiance. Et tout à coup, victime de sa
ruse, il n'est plus rien. Mais, malheureux en
secret, il ne se plaint pas et il dit sans amer-
tume :

— Oh! moi, je me suis retiré de la poli-
tique !

XIX

— Philippe! Philippe! il n'y a que le travail qui rende heureux.

— Oui, monsieur, dit Philippe qui bêche le
jardin. Comme on le crie des fois : Honneur
aux travailleurs!

— Certes, vous travaillez, Philippe, mais
moi aussi, je travaille.

— Vous travaillez, dit-il respectueux, en
vous amusant.

— Détrompez-vous, Philippe, j'ai mes tra-
cas, mes devoirs, comme tout le monde. Je
travaille par nécessité. Quand il fait du soleil
je préférerais me promener. Je fatigue beaucoup de tête.

— Sûrement, dit Philippe, vous fatiguez

plus de tête que moi. Moi, je ne fatigue que de corps.

— Pensez-vous, Philippe, que si la tête va mal, le reste du corps n'en souffre pas ? Le soir, dès que le feu de la lampe me brûle le front et les yeux, je me retiens d'aller me coucher.

— Vous n'y allez pas, dit Philippe, parce que vous ne voulez pas.

— Erreur, Philippe. Il faut que je veille, parce que je ne suis pas matinal, et je tâche de rattraper les heures perdues.

— Restez donc au lit, vous avez le temps de dormir.

— Du tout, du tout, Philippe, et je donnerais gros pour avoir le courage de me lever matin. Je vous envie, vous êtes sur vos jambes au premier rayon de soleil, et cela ne vous fait jamais de peine.

— Nous avons l'habitude, dit Philippe. L'hiver seulement, c'est moins agréable.

— C'est toujours dur pour moi, Philippe. A midi, ce serait encore trop dur. Vous ne connaissez pas ce supplice?

— Non, monsieur, dit Philippe.

— Et le supplice d'être enfermé, le connaissez-vous ? Libre, vous vivez sainement dehors. Vous prenez de l'exercice, vous faites de l'hygiène sans le savoir. S'il vous fallait demeurer immobile à la maison, trois, quatre, cinq heures de suite, les coudes sur un bureau chargé de livres, vous en auriez vite assez.

— Je crois comme vous, dit Philippe, que cette vie ne me plairait guère.

— Et vous raisonnez juste, brave Philippe. Oh ! je ne demande à personne de me plaindre ! Je veux dire que nous avons chacun nos misères, vous les vôtres et moi les miennes.

— Ce n'est pas la même chose, dit Philippe.

— Pourquoi, Philippe, pourquoi ? Vous qui hochez la tête et qui avez le double de mon âge, voulez-vous compter nos cheveux blancs ?

— J'aimerais mieux compter nos billets de banque, dit Philippe.

— Mais, mon pauvre Philippe, je me tue à vous expliquer que si j'étais riche comme la dame du château, je travaillerais quand même et qu'on ne travaille pas que pour gagner de l'argent.

— C'est ce que je dis, rien ne vous force à travailler ; votre travail vous désennuie.

— Vous êtes vraiment têtu aujourd'hui, Philippe. Tout à l'heure, vous aviez l'air de me comprendre. Vous ne me comprenez donc plus ?

— Si, si, monsieur, dit Philippe. Mais c'est égal, je changerais bien.

MAMAN JEANNE

MAMAN JEANNE

LES FIANCÉS DE L'AUBERGE

Chaque soir, après la soupe, Pierre entre à l'auberge où maman Jeanne et la servante Louise finissent leur ouvrage. Si l'ouvrage ne presse pas, maman Jeanne dit à Louise :

— Laisse, petite, je ferai le reste toute seule.

Et Louise s'assied sur le banc à côté de Pierre. Ils ont peur de se toucher. Ils ne disent rien et n'en pensent pas plus long. Ils suivent le va-et-vient de maman Jeanne et ils rient quand elle dit :

— Je suis lasse comme un pauvre chien !

Des fois, ce qu'elle dit est moins drôle et
ils se regardent avant de rire.

Mais elle prépare le feu du lendemain,
donne encore un coup de balai et leur
dit :

— Mes petits, moi je me couche ; éteignez
la lampe pour que je me déshabille.

Pierre, d'une bouffée, souffle la lampe.

Maman Jeanne laisse tomber sa jupe par
terre et, les pieds joints, elle sort avec
adresse de ses sabots. Elle y rentrera pareillement demain matin. Elle n'aura qu'à se
laisser glisser. Elle ne perd jamais son temps
à les chercher et elle les trouve plus commodes
qu'une descente de lit.

— Mes petits, dit-elle, je suis couchée,
vous pouvez rallumer.

— Ce n'est guère besoin, dit Pierre ; moi
j'aime autant ne pas rallumer

— Comme vous voudrez, dit maman
Jeanne ; tâche seulement, petite, de fermer la
porte au verrou quand ton amoureux s'en ira,
et puis, toi, petit, tâche de ne pas t'attarder
longtemps, et puis, toi, petite, tâche de te

lever à quatre heures sonnantes, et puis tâ-
chez d'être sages tous les deux.

Bientôt, harassée, elle dort. Ses lèvres ont
cessé de remuer comme elle récitait un dernier « Au nom du Père ».

Elle n'a pas achevé son signe de croix, —
mais, étendue raide sur le dos, les bras écar-
tés, et la tête penchée, elle fait la croix

L'ESCALIER

Son auberge vendue, maman Jeanne tint
à déménager toute seule. Elle fit plusieurs
voyages, en se promenant. D'ailleurs, elle ne
possédait pas un gros mobilier. Elle mit d'a-
bord sur la charrette trois chaises, sa table,
ses assiettes, et elle alla les déposer devant
la maison qu'elle avait achetée pour y finir le
reste de ses jours.

Il lui fallait si peu de logement qu'elle louait
la chambre du bas à tante Rose et ne s'était
réservé que la chambre du haut.

Les deux femmes, du même âge, vivraient
tranquilles, séparées l'une de l'autre ou l'une
chez l'autre, comme elles voudraient, à leur
goût.

Quand maman Jeanne eut apporté sa commode, puis son linge, enfin le lit et les matelas, elle dit à tante Rose :

— Maintenant, le tout est de les monter là-haut.

— Oui, c'est le tout, dit tante Rose : il faudra une solide échelle.

— L'escalier doit être assez large, dit maman Jeanne.

— Je l'ai bouché, dit tante Rose, il ne me servait à rien.

— Que me cornez-vous là? dit maman Jeanne.

— Je ne corne ni ne flûte, dit tante Rose : J'habite la chambre du bas que vous me louez et je n'ai jamais besoin de l'escalier qui mène à celle du haut. Donc je le bouche, afin que nous restions chacune chez nous.

— Et moi, dit maman Jeanne, j'entrerai sans doute et je sortirai par la fenêtre?

— C'est votre affaire. Vous ne comptiez point, je suppose, que je vous laisserais passer et repasser chez moi, à toute heure et toute la journée et toute votre vie. Autant vaudrait

loger sur la place de l'Église. Dieu merci ! je
paye votre chambre suffisamment cher pour
que personne ne m'y dérange. Diminuez-moi
d'abord et on tâchera de s'entendre.

— Par exemple ! dit maman Jeanne, ré-
voltée, j'aimerais mieux grimper à même le
mur.

— Au revoir, ma belle, dit tante Rose.

Et elle lui ferma la porte au nez. Maman
Jeanne, étourdie, baissait les yeux vers la
terre.

— Voilà ! disait-elle, ce matin j'avais deux
chez moi : mon auberge là-bas, au bord de la
rivière, et une chambre ici, dans cette maison qui m'appartient, et ce soir, je n'ai plus
de chez moi.

— Comprenez, si vous pouvez, dit-elle au
menuisier qui passait et s'arrêta, mais c'est
comme ça : je n'ai plus de chez moi du tout.

— Tante Rose s'amuse, dit le menuisier :
elle vous ouvrira.

Tante Rose n'ouvrit pas. Elle se garda
même de se montrer et les voisins frappèrent
vainement à sa porte.

— Elle croit me faire bisquer, dit soudain maman Jeanne ; mais c'est moi qui la ferai bisquer. Si elle a sa tête, j'ai ma tête aussi.

— Retournez à l'auberge, lui dit-on, ou venez avec nous, car la nuit tombe.

— Non, merci. Quand on n'a plus de chez soi, on couche dehors. Je coucherai dehors, devant sa porte, sous ma fenêtre. On verra bien la plus maligne.

— Elles sont folles toutes deux, dit le menuisier : ça les regarde.

— Vous vous figurez que je plaisante, lui dit maman Jeanne. Donnez-moi seulement un coup de main pour dresser mon lit et je m'installerai, pas plus tard que tout de suite.

Chacun l'aida volontiers. Le lit fut placé d'aplomb, deux pieds sur la droite, deux sur la gauche du ruisseau. Maman Jeanne alluma sa lampe à cause des voitures.

— Et pour lire votre journal, lui dit-on.

Mais elle ne savait pas lire.

Elle trottait d'un pied de ménagère, au milieu de ses meubles, comme dans une cham-

bre ordonnée et spacieuse. Il ne lui manquait
que des murs.

— Quel dommage que le ciel se couvre!
dit le menuisier, vous auriez un beau clair de
lune.

— Il me ferait mal aux yeux, dit maman
Jeanne.

On lui souhaita en riant une bonne nuit.
Elle répondit sans rire :

— Et vous pareillement, bonsoir.

Elle tapota l'oreiller, l'édredon et elle se si-
gnait, déjà glissée entre les draps, lorsque
la tante Rose parut sur sa porte.

— Allons, dit-elle, c'est fini, maman
Jeanne. Je vous ai assez taquinée et je vous
rends votre escalier.

— Trop tard, ma fille, dit maman Jeanne,
qui nouait les brides de son bonnet. J'ai pris
mes précautions pour cette nuit. Demain
nous causerons avec Monsieur le juge de paix.

— Vous boudez? dit tante Rose inquiète.

— Me laisserez-vous dormir, à la fin ? dit
maman Jeanne, qui lui tourna le dos.

Un cercle de curieux se formait, et des

gens couchés comme leurs poules se relevaient pour la visiter. Les paupières fermées, elle ne répondait plus.

— Vous n'êtes guère à plaindre, lui dit quelqu'un, si je m'écoutais, moi, l'été, je coucherais souvent dehors, par peur des puces.

— Elle dort, dit un autre.

— Elle ne dormira pas longtemps, dit le menuisier ; j'ai senti une goutte de pluie.

Ils allongèrent le bras, la main planante, et dirent :

— Elle va sauter de son lit tout à l'heure, comme un chien mouillé.

Ils se trompaient. Maman Jeanne, pelotonnée, ne bougea pas, quand une petite pluie fine se mit à tomber. Elle rêva qu'il faisait grand vent.

COUSINE NANETTE

COUSINE NANETTE

LE CHEMIN DE FER

Ma cousine Nanette mourrait plutôt que
de monter en chemin de fer. Déjà elle mépri-
sait les voitures parce que, si on a des pieds,
c'est pour qu'ils servent.

— Vous n'êtes qu'une originale, lui dit son
gendre, domestique au château.

Mais Nanette hausse les épaules chaque
fois qu'elle entend le bruit du train qui roule
là-bas, dans la campagne. Elle se défie, car
aujourd'hui on ne sait plus quoi inventer.

— Allez donc le voir d'abord, lui dit son
gendre, vous causerez après. Mais vous avez
trop peur.

— Il passerait sous ma fenêtre qu'il ne me
ferait point lever le nez de mon ouvrage, dit
Nanette.

Elle se vante, la maman ! Elle est encore
plus curieuse que têtue, et elle voudrait voir
le chemin de fer, mais elle voudrait le voir
seule, sans être vue.

Et tout à coup, un matin, elle part. Elle
n'a prévenu personne. Elle s'est habillée,
comme si elle allait au marché. Elle porte,
dans son cabas, un morceau de pain et un
morceau de fromage et, par l'élévation du
soleil, elle saura l'heure de manger.

Sur la route, elle ne regarde rien, ni les
arbres, ni les prés. Elle ne s'occupe guère du
champ des autres. Elle tâche d'imaginer le
chemin de fer. Elle sent bouger trois ou
quatre idées dans sa tête, comme des petits
chats. Puis les chats dorment. Elle n'y pense
plus. Elle verra bien.

Elle sait où se trouve la prochaine gare.
Mais elle serait gênée devant le monde. Elle
connaît un meilleur endroit, dans le bois. On
lui a dit que le chemin de fer y passe, sous

un pont. C'est là qu'elle veut l'attendre.

Elle s'assied sur une borne et déjeune, et, de temps en temps, par crainte d'une surprise, elle se lève pour guetter.

Et d'abord il lui semble, bien que le ciel soit pur, qu'il fait de l'orage quelque part. Elle pose son cabas et son couteau à terre, se dresse, inquiète, et se place au milieu du pont, les mains jointes sur le garde-fou.

Dans une éclaircie, elle aperçoit une fumée blanche et tortue qui monte. Le tonnerre s'éloigne ou se rapproche comme un bourdon va et vient par une croisée ouverte. Puis les arbres sifflent et hurlent et Nanette se bouche les oreilles. Elle saute en arrière du garde-fou et s'agriffe des pieds au pont qui tremble.

Une odeur de roussi la suffoque, et vite elle se signe : Elle a vu le diable.

LA GALETTE

C'est une espèce de galette qu'on appelle *brûlée*. C'est une galette plate et sèche que ma cousine Nanette fait, le jour qu'elle cuit, avec ce qu'elle gratte de pâte collée au fond de l'arche, quand elle a préparé tous ses pains de ménage. Et il faut encore, pour qu'elle se décide à faire sa galette, qu'il lui reste un morceau de beurre de la semaine. Mais j'aurais tort de m'imaginer que cette brûlée est pour moi. Nanette ne se préoccupe de personne. Elle utilise seulement les miettes de son arche.

Si je lui dis que j'aime la brûlée et que je ne connais rien de meilleur qu'un bout de

brûlée chaude avec un verre de vin blanc,
elle me répond :

— Moque-toi des pauvres gens comme
nous. Va, mange tes gâteaux ; tu n'auras pas
de notre galette de malheureux.

Voilà comme elle me répond, et le lendemain matin, de bonne heure, elle arrive por-
tant sa brûlée dans une serviette. Elle la pose
sur ma table et dit :

— Je t'apporte tout de même un quartier
de brûlée. Si tu la veux, tu la prendras. Si tu
ne la veux pas, tu la laisseras.

Je ne dis ni oui ni non.

— Je parie, dit-elle, que tu vas la donner
à ton chien.

Je ne lève même pas les épaules.

— Et peut-être, dit-elle, que c'est trop
grossier pour la fine gueule de ton chien, et
qu'aussitôt que je serai partie, tu jetteras ma
brûlée dans tes ordures.

J'ai l'air de ne plus entendre.

— Allons ! dit-elle, je vois que mon cadeau te chagrine. Je le remporte.

Et elle s'approche de la brûlée. Je me garde

toujours de remuer. Mais elle se met à rire
et me donne de petites tapes sur le bras.

— Tu es aussi malin que moi, me dit-
elle.

— Ma chère cousine, lui dis-je, ce serait
difficile, car vous êtes rudemment maligne.

— Oh ! oh ! *ma chère cousine*, dit-elle iro-
nique. D'abord, je ne suis plus ta cousine.
C'était bon autrefois, quand je te mouchais
et te talochais. A présent, te voilà Parisien.
Comment une vieille déguenillée comme moi
serait-elle la cousine d'un monsieur nippé
comme toi ? Et même je te manque de respect.
Je te tutoie par habitude. J'ai tort. Je vous
demande pardon, monsieur.

— Bien, bien, madame, je vous pardonne,
mais ne recommencez pas.

Cette fois Nanette se rend, domptée, et
elle éclate de rire.

— Débarrasse ma serviette, dit-elle, que
je m'en aille.

— C'est égal, lui dis-je, faut-il que vous
m'aimiez pour quitter votre ouvrage et venir
de si loin, malgré vos soixante ans, m'ap-

porter, de l'antre côté de la rivière, une belle galette cuite à mon intention !

— Tu ne le mérites guère, dit-elle.

— Je le mérite, parce que je vous aime comme vous m'aimez.

— Je crois que le temps est au beau, dit-elle, mal à son aise.

— Et je remarque, brave cousine, que si vous ne venez pas souvent me voir, vous ne venez jamais les mains vides. C'est tantôt une galette, comme aujourd'hui, tantôt un fruit ou un œuf, tantôt même un poulet que vous laissez à la maison. Et vous n'acceptez rien en échange. Si je vous offre quelque chose de mon jardin ou de ma basse-cour, vous me riez au nez ; et si je proposais de payer vos cadeaux, vous me grifferiez la figure. Cependant vous êtes pauvre, et moi je suis riche. Et, à la fin, je me sens gêné de recevoir et de ne pas rendre, et je cherche, malgré votre refus, ce que je pourrais bien vous donner à mon tour.

— Oui, ça presse, dit Nanette renfrognée.

5.

— Cousine Nanette, je vous le demande, je vous prie de me le dire : Qu'est-ce que vous désirez que je vous donne ?

— Donne-moi, dit-elle déjà loin, le pont pour me faire repasser la rivière.

LES YEUX DE NANETTE

Comme j'écoute, au bord du bois, les perdrix se rappeler, Nanette me crie de loin,
derrière moi :

— Tu n'as pas peur qu'ils gonflent ?

Mais à peine me suis-je retourné, qu'elle
lève les bras et joint les mains d'étonnement.

— Oh ! oh ! dit-elle, c'est toi, cousin ?

— C'est moi, cousine. Vous me preniez donc
pour un autre ?

— Je te prenais pour le berger de la ferme.
Je ne t'apercevais que de dos, et tu étais là,
immobile, planté sous le chêne, comme un berger qui garde ses moutons. Excuse-moi.

— Vous ne me vexez pas, lui dis-je. Je ferais

presque un berger. J'ai déjà un vieux chapeau,
un chien, une canne en guise de houlette, et
il ne me manque que des moutons.

— Tu vas rire, dit-elle ; je croyais voir aussi
tes moutons. Regarde ces tas de fumier qui se
dressent partout, et attendent qu'on les écarte
sur le chaume. Je t'assure que, de la vigne où
j'étais, ils avaient l'air de moutons.

— Je m'explique maintenant votre phrase :
Tn n'as pas peur qu'ils gonflent!

— Tu comprends, je me disais : Le berger
s'attarde. Il laisse se soûler ses moutons, et
leur ventre va éclater. Hein! crois-tu? Ah ! je
suis joliment attrapée !

— Est-ce que par hasard, ma cousine, votre
vue baisserait?

— Tu peux dire que mes yeux sont perdus.
Je ne reconnais pas les gens. Je n'ose plus
aborder quelqu'un dans la rue. Et je me suis
trouvée honteuse, hier, parce que des étrangers se moquaient de moi. Imagines-tu que
je ramasse autant de cailloux que de pommes
de terre arrachées?

— Mais vous n'êtes pas vieille, vieille?

— C'est ce qui me désole. Si je ne vois rien à mon âge, je me demande ce que je verrai à quatre-vingt-dix ans.

— Vous ne devriez plus sortir le soir. Vous ramenez seule vos vaches du pré à l'écurie. Vous finirez par les perdre en route.

— Je marche tout contre elles, à une longueur de bâton. Et puis Blanchette fait tache blanche et je vois mieux les blancheurs que le reste. Ainsi, là-bas, j'aperçois quelque chose de blanc, mais je distingue mal.

— Ce sont les murs du cimetière neuf.

La cousine Nanette regarde longtemps du côté des murs.

— J'aimais mieux l'autre cimetière, dit-elle ; je trouve celui-là trop loin de l'église. Il faudra faire un chemin du diable.

— Dame ! cousine, pour aller en enfer !

La taquinerie manque son effet habituel. Ma cousine n'est pas d'humeur à discuter religion, ce soir. Une pensée grave la préoccupe. Elle se dit que sa vue lui jouera une mauvaise farce. Elle se repent d'avoir ri tout à l'heure de sa méprise. Elle se croyait moins près du nouveau cimetière.

Personne ne se décide à l'étrenner, et il attend toujours sa première tombe.

Les yeux de ma cousine s'efforcent de le fixer, et, comme des petites fenêtres à rideaux clairs, ils ne reflètent que de pâles images. Son bonnet de paysanne lui serre étroitement la tête et pas une mèche de cheveux ne s'échappe. D'ailleurs elle a, toute sa vie, caché pudiquement ses cheveux, et comme elle dort la nuit avec un bonnet, son mari même ne connaît pas leur nuance.

— Qu'est-ce que tu faisais là, sous le chêne? dit-elle enfin, délivrée d'une réflexion pénible.

— J'écoutais chanter les perdrix.

— Belle occupation, dit-elle, pour un jeune homme qui a tous ses membres!

— C'est un plaisir, cousine. Je viens chaque soir ici. Les perdrix, dispersées dans le jour, ont l'habitude de se réunir à cette corne du bois où elles passent la nuit. Les unes arrivent en piétant le long des haies. Un vol silencieux et droit rapproche les autres. Dès qu'une perdrix a rejoint la bande, elle se tait, et les appels qui se croisaient d'abord de tous côtés, cessent peu à peu, un à un, jusqu'au dernier qui reste sans réponse.

— Tu parles comme un avocat, dit Nanette, et naturellement tu vas mettre ça dans tes écrits.

— Juste, cousine.

— Et je parie, dit-elle hésitante, que tu y mettras... que je t'ai pris pour le berger de la ferme ?

— Je ne me gênerai pas, cousine.

— Tu as de l'aplomb ! dit-elle. Et si je te le défends ?

— Je vous désobéirai. Mais, au fond, vous êtes flattée.

— Moi, je me fiche de tes écrits ! Je ne sais seulement pas les lire.

— Je vous les lirai. Je ne dis aucun mal de ma brave cousine.

— Je te traînerais plutôt à la justice de paix !

— Je n'ai pas peur, et vous serez contente.

— Contente que tu écrives, comme l'année dernière, que je crains l'orage?... Oh! ne mens pas! Le maître d'école m'a lu le papier.

— Craignez-vous l'orage, oui ou non?

— Oui, je le crains. Je crains la colère de Dieu. Je ne suis pas une impie. Mais est-ce que ça te regarde? Est-ce que, moi, je répète ce que tu me dis, bavard rapporteur?

— Chacun son métier, cousine.

— Joli métier, le tien! dit-elle. Et, alors, tu mets dans tes écrits toutes mes paroles?

— Toutes les vôtres et toutes celles des autres. Et je mets avec, tout ce que je vois, les gens, les bêtes et le pays.

— Comment! tu écris le bois, la rivière?

— Et le pont, et le moulin, et le château, et les herbages. Du moins, j'essaie, cousine.

— Et tu écrirais notre petit pré des saules?

— Je voudrais bien.

— Ensuite, tu adresses tes papiers à Paris. Le facteur me dit que tu en bourres sa boîte. Et qu'est-ce qu'on fait de tes écrits là-bas?

— On les imprime dans les journaux.

— Dans le *Petit Journal?*

— Oh! non, il est trop petit.

— Et dans les almanachs?

— Oh! pas encore. Il n'y a rien de plus difficile que d'être imprimé dans les almanachs.

— Je ne peux pas me figurer, dit Nanette, que les bêtises de notre pays intéressent les Parisiens.

— Les vôtres surtout les amusent.

— Ah! ah! dit Nanette, elles sont plus bêtes. Et ceux qui les lisent te donnent de l'argent?

— Ils le donnent au propriétaire du journal qui me le redonne après en avoir retenu une partie. C'est un calcul compliqué.

— Mâtin! dit Nanette, tu as de la veine de pouvoir faire ton commerce à des lieues et des lieues de distance. Mais tu devrais me céder un peu de ce que tu gagnes, quand tu me racontes, moi.

— A votre service, cousine.

— Merci, cousin. La monnaie mal gagnée brûle les doigts. Tu n'as pas honte de t'enrichir à ce métier de propre à rien! Espèce de grand fainéant, je ne m'étonne plus que tu conserves des mains de demoiselle! Et je suis sûre qu'ils te paient un bon prix?

— Très cher.

— Ils sont fous, dit Nanette, qui s'éloigne et gesticule; tu peux leur répéter ça de ma part, à tes marchands d'écriture : Ils sont archifous!

LA PLUS HEUREUSE DU VILLAGE

LA PLUS HEUREUSE DU VILLAGE

Son mari qui buvait et la battait est mort à temps. Depuis, elle peut se dire la plus heureuse de toutes. Il lui reste quelques terres, dont une vigne, et quelque argent. Elle n'a pas besoin de travailler. Elle se laisse vivre, à l'ombre ou au soleil selon l'heure du jour, ses dix doigts joints, l'été sur un caraco blanc, l'hiver sous son épais fichu de laine noire. Elle ne connaît personne au village qui ne souhaite d'être à sa place, et elle ne la céderait à personne. Même quand son père, après son mari, l'a quittée, elle était déjà trop bien partie vers le bonheur pour s'arrêter. Elle

pleura décemment le vieil homme et l'oublia
sans effort. Et, désormais seule au monde,
elle ne craint plus qu'un nouveau deuil lui
fasse perdre sa bonne mine ! On ne se lasse
pas de s'étonner.

— Madame Louise, vos cheveux sont encore
noirs !

— Holà ! qu'est-ce que vous me dites
donc ?

— Noirs et ondulés ; je vous félicite.

— Holà ! Seigneur ! que vous êtes drôle !

— Votre figure brille comme un meuble
d'acajou.

— Faut-il qu'il soit permis de tant se mo-
quer d'une vieille femme ?

— D'une vieille femme qui a toutes ses
dents et qui ne songe, je le parierais, qu'à se
remarier. Ah ! madame Louise, celui qui tom-
bera sur vous ne se fera pas mal !

— Si je risquais un coup pareil, comme
une libertine, dit madame Louise, le village
me jouerait la musique, à ma noce, avec des
clefs et des chaudrons. Je tiens autant à la
paix qu'à la santé.

— Peut-on savoir quel régime vous suivez pour vous porter ainsi ?

— Je bois, dit-elle, je mange et je dors comme tout le monde.

— Madame Louise, vous avez un secret, des recettes de cuisine ?

— Holà ! mon Dieu ! vous allez me faire trop rire.

— Sérieusement, madame Louise, votre principale dépense n'est-elle pas la nourriture ? Ça doit coûter cher de viande, une belle dame grasse comme vous.

— La viande me tourne sur le cœur. Je suis née forte et bien corporée, je n'ai eu qu'à me maintenir.

— Quels sont vos frais par jour ?

— Que vous êtes curieux !

— Comptons voir, madame Louise. Vous dites, n'est-ce pas, deux sous de lait ?

— Allons ! oui.

— Après ?

— Un sou et demi de pain.

— Bon. J'inscris pour additionner.

— Un sou de café, deux sous de beurre.

Chacun sait ce qui bout dans son pot : j'ai
ma provision de lard et mon vin, du vin de
ma vigne. J'en bois un verre à chaque repas.

— C'est tout ?

— Oh ! non. Des fois, je me promène dans
les champs avec mon panier et je cherche
une salade de pissenlits. J'ajoute un œuf. Je
me régale.

— Et le dessert ?

— Du fromage à la crème ou une prune
de mon jardin.

— A quelle heure vous levez-vous ?

— Sept heures. Et toute chaude, sortant
du lit, j'avale mon café. Je fais mon ménage
jusqu'à midi.

— Madame Louise, j'ai rarement vu une
maison tenue comme la vôtre.

— C'est facile de garder propre une petite
maison. Je la trouve assez grande pour moi.
A midi, je déjeune. Ensuite je me peigne et
je voisine de porte en porte.

— Et qui lave votre linge ?

— J'en salis trop peu pour faire la lessive.
Quand mes voisines la font, elles me deman-

dent si je n'ai rien à mettre dans leur cuvier.
Je leur donne mon petit paquet de linge.
Elles me le coulent et je le lave moi-même à
la rivière. Par les temps doux, c'est un plaisir, mais mon meilleur moment, je le passe
assise sur l'escalier, le soir, dès que le vent
se calme et que le soleil se couche derrière
les maisons.

— Économe, sobre, propre, madame Louise,
vous êtes une maîtresse femme.

— Oh ! il m'arrive de faire des folies ! Une
fois par an, je vais à la ville, chez le marchand
de nouveautés, et je m'offre un cadeau, et je
me paie ce qu'il a de plus solide et de meilleur
teint en boutique.

— Seriez-vous coquette ?

— Vous me croirez si vous voulez, je n'utilise pas ce que j'achète. Je le serre dans mon
armoire et je regarde de temps en temps ma
richesse sur les rayons. J'aime mieux la toile
pour une paire de draps que les draps et l'é-
toffe d'une robe que la robe.

— Quelque jour on vous volera. Vous
n'avez pas peur ?

6

— Depuis que je n'ai plus peur de mon mari, je n'ai peur de rien.

— Il vous a fait la vie si dure !

— Je ne voudrais point en dire du mal, parce qu'il faut respecter les morts, Que le bon Dieu lui pardonne comme je n'y pense plus. C'était un vaurien, buveur, menteur et feignant. Il se jetait sur moi comme un taureau. Je ne savais pas s'il allait me battre ou me caresser. Il me battait plutôt, pour son plaisir. Être battue par un ivrogne empesté, ça m'humiliait, et à la fin je lui rendais ses coups, quoique moins forte. D'ailleurs, il perdait la raison. Un soir, il rentre, dans un état qu'on ne peut dire, il jette par terre deux ou trois chétifs poissons qu'il avait pêchés avant de boire à l'auberge, et il me dit :

— Fais-les cuire.

Je lui réponds :

— Mon feu est éteint. Je ne veux pas le rallumer pour tes petites saletés.

— Allume du feu !

— Il n'y a plus de bois. J'ai brûlé la dernière bûche ce matin.

Vous devinez bien qu'il y avait du bois et que ce n'était là qu'une ruse de mon invention.

Il me crie des noms que le respect m'empêche de répéter.

— Ah ! il n'y a plus de bois? Attends !

Et il attrape une pioche. Je m'imagine qu'il va me tuer et je fais mon signe de croix.

Mais il saute sur une chaise et se met à cribler de coups de pioche les poutres du plafond, et il commence à le démolir. Et à chaque éclat de poutre il hurle :

— Tiens ! En voilà du bois, et encore ! et encore !

Je ferme ma porte à clef et je me sauve chez des voisins. Et lui, il continue de piocher le plafond, et il aurait détruit la bâtisse, s'il n'était tombé le nez dans les gravats où il a ronflé toute la nuit.

Quelque temps après, le bon Dieu m'en a débarrassée.

— Ainsi, vous êtes la plus heureuse des femmes, parce que votre mari est mort.

— Ma foi, je mentirais si je disais que je le regrette.

— Il n'y a pas que des hommes méchants. Vous ne vous ennuyez jamais toute seule ?

— Moi, je vivrais comme ça aussi long-temps que le bon Dieu.

— Ce n'est guère possible, madame Louise. Vous craignez la mort ?

— Oui, mais j'espère aller au paradis.

Madame Louise dit cela d'un ton grave. Et pourquoi n'irait-elle pas ? Elle ne fait de mal à personne, et quand elle ne veut pas dire du bien des autres, elle se tait. Elle ne manque ni la messe, ni les vêpres, et elle suit tous les cercueils qu'on porte en terre. Plus tard, aussitôt morte, elle montera droit vers Dieu. Mais ce sera peut-être dur, car elle déteste marcher, et si le chemin du ciel est trop raide, elle dira souvent :

— Holà ! mon Dieu Seigneur ! je vas glisser !

LA PLUS VIEILLE

LA PLUS VIEILLE

LES LAVEUSES

Ce sont de vieilles femmes qui ne bavardent guère et que n'excite plus le passant de la route. Elles lavent du matin au soir, en désespérées, car elles vont bientôt mourir, et il est trop tard pour changer de vie.

Si encore il ne faisait pas si chaud !

L'une d'elles, sans que les autres rient, a poussé sa boîte à laver, garnie de paille, jusque dans l'eau. Ses jupes trempent ; et elle tape dur, tandis que la rivière lui caresse fraîchement les genoux. C'est Honorine, c'est la plus vieille de toutes. On ne la voit par les rues que sous sa hotte pleine de linge, comme si elle déménageait toujours.

— Vous êtes bien, là, lui dit mon amie.

La vieille laveuse relève un front de terre cuite, et dit qu'à la fin on s'y habitue, et que, malgré l'eau douce, le soleil brûle aujourd'hui comme le diable.

— J'en sais quelque chose, dit mon amie toute fière. Regardez mes mains. Elles sont noires. Dès que j'arrive à la campagne, le soleil fait de moi une négresse.

La vieille laveuse s'arrête de battre le linge et fixe sur mon amie ses petits yeux décolorés. Une idée la tracasse. Elle réfléchit avant de parler, puis elle dit avec respect, d'une voix qui monte de la rivière :

— Madame, est-ce que le soleil passe à Paris ?

LA DAME BLANCHE

— Et vous, mère Honorine, avez-vous vu
la dame blanche?

— Non, pas moi, mais mon frère Toine, qui
est mort, l'a vue.

— Où donc? Quand ça?

— Toutes les fois qu'il menait des charge-
ments de briques au canal. Il était obligé de
voyager la nuit. Il partait le soir pour arriver
le lendemain matin, de bonne heure. Il lui
fallait traverser le bois, et, dès qu'il y entrait,
la dame blanche sautait derrière lui, sur le
chariot.

— Comment était-elle?

— Il faisait trop noir ; mon frère Toine ne
la voyait pas.

— Et que disait la dame blanche ?

— Elle ne disait mot. Elle s'accrochait avec les mains aux épaules de mon frère Toine et lui soufflait dans le cou.

— Avait-il peur ?

— Mon frère Toine ne craignait rien. Il était seulement gêné pour tenir les guides et il ne bougeait plus jusqu'à la sortie du bois. Alors la dame blanche bondissait par terre et le laissait continuer sa route.

— C'est arrivé souvent ?

— Aussi souvent que mon frère Toine me l'a raconté.

— Et vous l'avez cru ?

— Mon frère Toine n'était pas un menteur.

— Y a-t-il longtemps que la dame blanche est apparue à quelqu'un ?

— Depuis la mort de mon frère Toine, elle apparaît moins. Elle devient rare, de plus en plus rare.

Et nous rêvons un peu. Honorine rêve trouble, et moi je songe à cette dame blanche que je me rappelle bien avoir presque vue un jour, étant petit.

Les doigts secs d'Honorine se nouent comme de la vigne au creux de son tablier. Dans ses bas de laine noire, que lui reste-t-il de ses pieds? Il y a quatre-vingt-six ans qu'elle marche avec. Dévêtue, elle terrifierait.

Elle ne se souvient pas d'avoir été malade, malade à crier, sauf quand elle s'est cassé le doigt.

Elle a peut-être eu des fluxions de poitrine, mais elle les soignait en buvant de l'eau de puits. Dès qu'elle apercevait le médecin, elle se sauvait par la porte de derrière, dans le jardin.

Elle écoute si je lui parle encore, ou plutôt elle regarde si mes lèvres remuent.

— Plaît-il?

— Rien, Honorine. Vous me quittez?

— Il faut, dit-elle, que j'aille chez monsieur le curé. Il a du monde à dîner ce soir et je suis de vaisselle.

L'ESPOIR DU VILLAGE

L'ESPOIR DU VILLAGE

Voici que, par l'échalier, une bande de gamins saute dans le pré. Ils tiennent des lignes, mais déjà las de pêcher, ils les posent au milieu des joncs, et tandis qu'elles se mêlent à la dérive, la petite troupe se demande à quoi on pourrait bien jouer.

Le plus grand, le mieux habillé, celui que les autres appellent le Maître d'école, parce que c'est le fils du maître d'école, aperçoit dans un coin du pré une cabane qu'il ne connaissait pas, et il y court avec ses camarades sur ses talons.

La cabane paraît toute neuve. Les branches ont encore des feuilles vertes. Fort habilement dressée, elle s'appuie contre la haie et sa porte, retenue par des gonds d'osier, s'ouvre et se ferme, comme une vraie porte !

Un homme passerait et le petit maître d'école peut entrer et marcher tête haute à l'intérieur, de long en large, sur le sol battu. Derrière lui, ses camarades entrent et sortent comme leur chef et font ce qu'il fait.

— Allez, les gars, tout le monde dans la cabane ! ordonne le petit maître d'école, et fermons notre porte.

Ils sont chez eux. Serrés, empilés, ils retiennent leur langue et leur souffle. On croirait la cabane vide.

Leur premier sentiment est d'admirer et ils déclarent que, pour construire une pareille cabane, il faut un rude malin.

Ils ont beau chercher, personne ne devine son nom. Puis, la troupe se fatigue. Elle se plaît de moins en moins à visiter, occuper et quitter toujours la même cabane. On la regarde de travers, d'un œil jaloux, méchamment. Il ne reste plus qu'un moyen de jouer avec : la démolir.

Le petit maître d'école donne le signal. Il

arrache la porte. Ses amis attaquent les murs et le toit, et bientôt chacun foule aux pieds sa part de ruines.

Après le pillage, la troupe se retire au bord de la rivière, où les lignes achèvent de s'embrouiller, et repue, morne, elle attend l'ennemi.

Il ne tarde pas à se montrer.

— Je m'en suis douté, dit le petit maître d'école, que la cabane était à Grelutot.

Ses camarades disent, comme lui, que personne, excepté Grelutot qui va nu-pieds, couche dehors, vole les raisins, dont le père se saoule et dont la mère est si sale, ne pouvait réussir la cabane qu'ils ont détruite.

Sans se creuser la tête, Grelutot comprend vite ce qui est arrivé. Il louche du côté du petit maître d'école et de sa troupe qui l'observent avec émotion. Bien qu'ils aient la supériorité du nombre, ils se défient et, quoique seul, Grelutot ne se sent pas plus brave qu'eux. Il jure le nom de Dieu, fouille du sabot les branches de sa cabane et gesticule.

— Ah ! si je savais qui, si je savais qui !

— Qu'est-ce que tu ferais? dit de loin le petit maître d'école.

— Tu verrais, dit Grelutot.

— Qu'est-ce que nous verrions?

— Vous le verriez, si vous étiez près de moi, dit Grelutot.

— Nous sommes bien où nous sommes, dit le petit maître d'école. Viens si ça te plaît.

— Viens-y donc, toi, plutôt!

— Si tu fais la moitié du chemin, nous ferons l'autre, dit le petit maître d'école qui reprend du courage pour lui et sa troupe.

— Oui, dit Grelutot, vous vous mettez tous contre un.

La troupe, piquée, délibère... Il faut de la justice. Enfin le petit maître d'école, sûr de ses fidèles amis, se détache prudemment, à pas comptés, et fait sa moitié de chemin.

— Me voilà, dit-il, se dandinant comme s'il avait bu.

— Qu'est-ce qui te parle? dit Grelutot.

— C'est moi qui te parle.

— Oh! ce n'est pas à toi que j'en veux, dit Grelutot.

— Vous l'entendez, dit le petit maître d'école à ses camarades ; restez là, je n'ai pas besoin de vous.

Mais, d'un bond, toute la troupe rassurée rejoint son chef ; ils se bousculent du coude et de l'épaule et font l'autre moitié du chemin.

Grelutot pense qu'il est perdu. Dans ce cercle hostile, il ne peut que s'accroupir et tripoter machinalement une motte de terre. On dirait que c'est un petit garçon très doux qui sait s'occuper tout seul avec un rien et que d'autres petits garçons viennent voir.

— Laissez-moi m'amuser, dit-il.

Et il n'y a plus aucune raison de bataille. C'est à peine si on donne une chiquenaude à la casquette de Grelutot et s'il pleut une poignée d'herbe sur ses guenilles. Comme, par derrière, quelqu'un lui envoie, d'une jambe molle, un coup de pied qui n'arrive pas.

— Laissez-le tranquille, dit le petit maître d'école. Puisqu'il ne commence pas le premier, ne commençons pas les premiers.

Dès que Grelutot a fini de jouer, il se redresse et, baissant les yeux, frottant ses pieds,

il s'éloigne sans se presser, et il s'arrête encore çà et là, de peur qu'on ne croie qu'il se
sauve. Déjà personne ne fait plus attention à
lui quand, repris d'une rage tardive, il s'écrie :

— D'abord, fichez-moi la paix !

Et il ramasse une pierre qu'il jette au hasard, sans viser, car, à force de reculer pour
se mettre hors d'atteinte, il y a mis les autres.
La pierre inutile retombe quelque part.

—· Ch... au bout, dit le petit maître d'école
railleur.

— Oh ! par exemple, m... pour toi ! répond
Grelutot.

— Je t'emm... aussi ! dit le petit maître
d'école.

— Et moi je vous emm... tous ! crie Grelutot exaspéré.

— M...! m...! m...! m... ! réplique toute
la troupe.

— Mangez-la... votre m... ! hurle Grelutot.

Et jusqu'à ce que leur gorge sèche de soif,
les enfants de mon village récitent par cœur,
à haute et intelligible voix, ce qu'ils savent
le mieux.

MINUTES D'HORLOGE

MINUTES D'HORLOGE

LA TRUITE

Julien n'est pas pêcheur de son métier. Il ne pêche que lorsqu'il a le temps, et s'il attrape un poisson, il le garde. Or, il vient de prendre une belle truite qui pèse au moins deux livres.

C'est si rare qu'il se sent tout pâle, et il se presse de la porter à sa femme, pour qu'elle la fasse cuire. Sur le chemin, il rencontre le maître d'école, et lui montre la truite au creux de sa blouse.

— Qu'est-ce que tu vas en faire? dit le maître d'école.

— La manger, dit Julien.

— Toi, tu mangerais une truite! dit le maître d'école railleur. Tu n'aurais pas honte? Il te faut du poisson de riche, maintenant? Rien n'est trop délicat pour ta fine bouche? Veux-tu porter, plus vite que ça, ta truite au monsieur, et la lui vendre trente sous la livre! Réfléchis donc, pauvre Julien. Une fois ta truite mangée, que te resterait-il? Les arêtes. Et compte ce qu'un ménage de malheureux comme le tien peut vivre de jours avec les trois francs du monsieur. Si même tu as envie de te bourrer, une fois par hasard, achète-toi au moins un bon morceau de viande qui te profite.

— C'est vrai, dit Julien.

Aussitôt il accourt m'offrir sa truite. Fraîche comme si elle sortait de l'eau, elle palpite dans sa légère cotte d'écailles vert et or, et je me régalerai ce soir.

LE PIED DE JÉRÔME

— Votre pied va-t-il mieux, Jérôme ?

— Un petit peu aujourd'hui, brave monsieur, à cause du vent du nord. S'il faisait un temps d'orage, allez, marchez, je garderais le lit.

— Où diable avez-vous pris ça ?

— Je n'en sais rien. Quand j'ai vu le médecin, il m'a dit : « J'arrive trop tard, Jérôme ! Il fallait soigner votre pied au commencement ». Il parlait à son aise. Est-ce qu'on peut lâcher le travail ? On laisse venir la maladie. Des fois elle s'en va toute seule. Des fois elle revient, et des fois elle reste. Allez, marchez, le médecin m'a fait souffrir. Il me tortillait, me piquait le pied et m'y mettait le feu comme à une souche. A la fin, je lui ai dit : « Je veux bien souffrir, monsieur le docteur, mais je veux savoir si je souffrirai longtemps. » Il m'a répondu : « Jérôme, vous n'en mourrez pas, mais vous ne guérirez pas. Seulement, je peux couper votre jambe ». J'ai crié : « Ah ! non, par exemple, jamais de ma vie ! » et je me suis fâché ! Il est parti sans me dire ce que j'avais et le mal ne me quitte plus. Attendez donc ! une nuit, je me crois sauvé. Je sens que mon pied perce. J'appelle ma fille qui dormait : « Viens voir, il se rend ! » C'était une farce du malheur. Il y avait un trou, mais rien ne sortait, rien, rien de ce pied aussi enflé qu'une cornemuse et aussi rouge que le soleil. Ma fille me dit : « Papa, on vous a jeté un sacrilège au pied. » Et elle va se recoucher.

— Heureusement vous avez des économies.

— Allez, marchez, pas la queue d'une. J'ai été bête. J'avais gagné quelques sous. La bâtisse m'a perdu. J'ai fait bâtir d'abord une maison, et après, une grange, et après, une écurie, au lieu de garder mes sous que j'aurais encore.

— Vous louez une partie de votre maison, votre grange, votre écurie?

— Et mes enfants? J'en ai trois, mariés, pas plus riches que leur père. Et, comme de juste, ils logent chez moi. Ça leur épargne un loyer; ils ont assez de peine pour vivre, sans m'aider. Voilà ce que mes bâtisses me rapportent.

— Alors, de quoi vivez-vous?

— La commune me donne dix livres de pain par semaine, et je cherche le reste quand je peux me traîner sur mes genoux, de porte en porte. Mais c'est fini de travailler. Je ne serais plus capable de faire un fagot, même sur une chaise, si on m'apportait les branches. Pour les gens de notre misère, après le travail, il n'y a plus de possible que la fin de tout.

— Mon pauvre vieux, prenez encore cette pièce de dix sous pour patienter.

— Oh! cher monsieur du bon Dieu! je me doutais de votre charité. Et j'avais honte. Je

n'osais pas déjà repasser devant votre porte.
Je trouvais que c'était un peu tôt, et que, de
cette manière, vos pièces de dix sous seraient
trop près l'une de l'autre. La prochaine fois,
allez, marchez, je les écarterai davantage.

LE SABOTIER

Pas d'enseigne à la boutique, pas de rideaux à la fenêtre, pas de papier collé où les carreaux manquent.

On ne distingue d'abord du sabotier que le poil de son estomac nu. Sa figure est emmaillotée à cause d'un abcès renouvelé chaque saison.

De la sabotière, on ne voit qu'une dent qui tire l'œil et qui empêche de regarder le reste du visage.

Le petit garçon n'a encore jamais rien mis sur sa tête. Pour savoir s'il est un bel enfant il faudrait le laver, comme si on voulait le noyer, et ne pas craindre de changer l'eau du baquet. Il ne montre de propre que ses yeux, quand les paupières se relèvent.. Il ne répond pas à nos flatteries. Est-ce mutisme ou timidité? Ses parents nous l'expliquent mal, tant les effare la visite de ce monsieur et de cette dame qui viennent acheter des sabots.

Madame dit sa pointure, mais le sabotier n'en a pas besoin. C'est plus simple de choisir dans cette rangée de sabots pendus par le talon au fil de fer qui traverse la boutique. Il suffit de les essayer tous.

— On ne vend guère de sabots l'été, dit-il, et nous sommes désassortis, mais ce sera tout de même le diable si vous ne trouvez pas une paire à votre convenance.

Et déjà le sabotier place d'équerre son sabot au nez du mien afin que je pousse ferme et que j'entre.

— Je désire, dit madame, des chaussons avec.

— Excusez, dit la sabotière, nous ne tenons pas le chausson. C'est l'épicière qui le débite.

Ça ne fait rien. On achètera les chaussons après, et on garde leur place dans les sabots.

— Voulez-vous, dit madame, avoir l'obligeance de me prêter le tire-bouton?

Mais le sabotier, qui s'agenouille devant elle, préfère se servir du crochet de son doigt.

Puis, à notre demande, il additionne en marge d'un vieux journal des chiffres connus de lui seul.

On entend toutes les mouches voler.

Le petit garçon cesse de remuer une boîte de clous, et, comme des danseurs gauches, les sabots s'arrêtent sur leur fil. La sabotière plisse le front tandis que son mari calcule, et elle suit le va-et-vient du crayon nain qui pique, à plusieurs reprises, le même chiffre aux lèvres du sabotier, avant de le poser sur le journal.

— Ça fait cinq francs deux sous, dit-il. Ça fera cinq francs net.

Nous acceptons les deux sous. Il y gagne toujours assez.

Madame voudrait quelque chose pour envelopper les sabots.

— Mais, chère amie, lui dis-je, ne voyez-
vous pas que ces sabots sont attachés deux
à deux au moyen d'une ficelle ? C'est non
seulement parce que les deux font la paire,
c'est encore afin que je puisse les mettre à
cheval au bout d'un bâton et les porter sur
mon épaule à travers le village, en sifflant et
chantant, comme si nous revenions d'une
foire lointaine.

LE BON NUMÉRO

Ce matin-là, comme c'était l'heure, Jacques entra seul à la mairie pour tirer au sort, et son père ému resta devant la porte.

Le petit Paul vint à passer.

— Écoute, lui dit le père de Jacques, fais vite ta prière pour que mon fils amène un bon numéro.

Le petit Paul, qui était un enfant docile, s'agenouilla sur la route, joignit les mains, le bout des doigts à hauteur du front, et remuant ses lèvres très vite, il récita une prière qu'il savait par cœur. Et sa prière finie, il se releva. Le père de Jacques, moins agité, lui prit la main et tous deux attendirent.

Et bientôt Jacques sortit de la mairie, le

visage rayonnant : il avait un bon numéro.

— Tu vois, dit le père de Jacques au petit Paul, il n'en faut pas plus. C'est le meilleur moyen et ça ne manque jamais.

Tout fier, le petit Paul se mit à chanter une chanson qu'il savait aussi par cœur.

Et douze ans après, devenu un homme, il dut tirer au sort à son tour. Il n'eut pas de chance. Il amena un mauvais numéro. Il partit comme soldat pour la guerre, et perdit une jambe à la bataille.

Ainsi Dieu se rattrape toujours.

LE MALHEUR

— Vous avez un beau jardin.

ANDRÉ. — Ah! monsieur, il était mieux entretenu avant le malheur. Mais je n'ai plus de goût. Je ne remplace pas les arbres morts. Il y avait trop de légumes pour une personne seule, et je mets la moitié du jardin en luzerne.

— Je ne connaissais pas cette auge, à côté du puits.

ANDRÉ. — Je l'ai fait faire un mois avant le malheur.

— Je ne me trompe pas : la paille du toit de votre maison est neuve.

ANDRÉ. — Oui, l'autre était pourrie. Il fallait la changer. Sans le malheur arrivé juste

comme on jetait la vieille paille, j'aurais mis
une couverture en ardoise. Si c'est plus cher,
c'est plus propre, et l'ardoise dure longtemps.
Mais je trouve la paille assez bonne pour moi,
et elle durera bien autant que je durerai.'

— Ce coin de cheminée menace de tomber.

ANDRÉ. — Il y a un an que j'ai dit au maçon d'y coller un peu de mortier. Depuis le
malheur, j'ai oublié de le redire. Que ça reste
donc comme c'est !

— Vous recevrez une brique sur la tête.

ANDRÉ. — Je n'y pense plus. Avant le
malheur, je faisais attention ; depuis, j'ai l'habitude ; j'entre et je sors par la porte sans
même lever les yeux.

— Voilà un carreau cassé.

ANDRÉ. — Oui, et je ne me presse pas de
boucher le trou avec une feuille de journal.
Avant le malheur, vous n'auriez pas été capable de trouver une araignée dans la maison. Aujourd'hui, elles accrocheraient leurs
toiles à ma blouse et on chargerait une
brouette de poussière. Le soir, ma belle-mère
vient faire mon lit. Et elle ne le ferait pas

que je coucherais habillé sur l'édredon, et si elle ne faisait pas ma soupe, je mangerais mon pain sec. Elle est bien bonne de s'occuper de moi au lieu de rester chez elle. Je n'irais pas l'appeler. Je ne cherche à voir personne. Mais peut-être qu'elle aime venir ici, à cause du malheur.' Elle regarde le portrait, les murs, l'horloge, les quatre ou cinq assiettes, le petit peu de linge de l'armoire. Et elle pleure comme elle veut. Ce n'est pas moi qui l'empêche de pleurer.

8

LE PETIT POINT D'A CÔTÉ

Les cartes jetées, ils se disputent à l'auberge, quand Pierre, qui ne trouve plus ses raisons, se dresse furieux, secoue sa tête au-dessus de Gagnard et lui dit :

— C'est comme pour ta bataille de Solférino ! Tu voudrais me faire croire que tu y étais. Tu n'y étais même pas !

Gagnard se lève aussi.

— Répète un peu ?

— Non, tu n'y étais pas. Si tu y étais, prouve-le, malin !

Gagnard saute lestement sur la table.

— Moi, Gagnard, je n'étais pas à cette bataille ! dit-il en tapotant un vieux cadre pendu à un clou.

— Tu bisques, tu rages, dit Pierre; mais tu n'y étais pas.

Gagnard, quoique exaspéré, se contient, reprend vent et, sûr de lui, il commence :

— Tu vois cette plaine?

— Je vois, dit Pierre; après?

— Et tu vois cette tour?

— Oui, dit Pierre, je vois, marche.

— De là-bas, poursuit Gagnard, nous partîmes comme des chats, pour arriver là-haut comme des lions.

— Je connais ton histoire, dit Pierre, tu la récites par cœur.

— Il faut déloger l'ennemi, dit Gagnard lancé. De cette poutre, notre général, celui qui a des bottes et une culotte blanche, nous le montre du doigt. Sous le feu nourri des Autrichiens qui cause dans nos rangs de cruels ravages, un tambour joue des airs patriotiques sur son instrument national. Ici, le drapeau flotte. Là, un chien se sauve. Ici, les chevaux, les affûts, les caissons s'écrasent pêle-mêle. Là, ma compagnie s'avance en bon ordre pour décider la victoire ; mon capitaine,

mortellement frappé par un éclat d'obus,
tombe, le sabre haut, à la renverse, et ici, là,
où je pose mon pouce, derrière les baïonnet-
tes, au bord d'un nuage de fumée, regarde ce
petit point noir, le vois-tu?

— Et quand je le verrais? dit Pierre.

— Alors, mon vieux, dit Gagnard, si tu le
vois, tu me vois ; ce petit point noir, c'est
moi.

— Ah! c'est toi, dit Pierre, bon! je veux
bien. Admettons. Et ce petit point noir d'à
côté, qui est-ce?

Gagnard, collé au mur, la tête vide comme
un œuf percé, ne répond rien.

— Espèce de farceur! lui dit Pierre. Tu
prétends que tu étais à Solférino et tu ne sais
seulement plus qui se trouvait à côté de toi.
Tu ferais bien mieux d'avouer tout de suite
que tu n'y étais pas, de taire ta langue et de
battre les cartes!

LE PORTRAIT

Ce qui me frappe d'abord, chez ces pauvres gens, c'est un portrait de Victor Hugo collé au mur entre la cheminée et le plafond.

Le grand homme, celui que j'aime par-dessus tous, croise les bras et regarde, avec pitié, cette famille de misérables. Et peut-être qu'il les aide à vivre. Ils n'ont rien lu de lui. Victor Hugo était-il plus qu'un évêque ou qu'un ministre? Ils l'ignorent. C'était quel-qu'un dont on parlait beaucoup dans le *Petit Journal* et qu'on a enterré aux frais de l'État.

Voilà ce qu'ils savent.

Et dès qu'ils lèvent la tête vers l'image, elle les réconforte. Elle remplace le bon Dieu

8.

que personne ne voit jamais, qui a tort de ne pas se montrer plus souvent et peu s'en faut qu'ils ne la prient.

Ainsi nous sommes égaux dans une même foi.

Leur culte m'attendrit et, les yeux au portrait, je crierais : « Vous êtes de braves cœurs ! » et j'embrasserais la femme et les petits, si le père ne me disait à temps : « Je l'ai mis là pour boucher le trou du tuyau de poêle. »

LA GOUTTE

Comme je l'aide à rentrer son bois et que nous ramassons les dernières bûches, Papot me dit :

— Tu restes manger la soupe ?

Et je réponds :

— Avec plaisir.

Car je n'aime pas les cérémonies; Papot non plus.

Il fait sa soupe lui-même. Il accroche une marmite d'eau sur le feu; il y jette une poignée de sel et des légumes. Il tire de l'arche un pain entamé et il commence de couper, avec son couteau, dans une écuelle, de fines langues égales. On croirait qu'elles sortent, légères, du rabot d'un menuisier, et je sais

que, pour les réussir comme lui, il faut une
longue pratique.

— As-tu faim ? me dit-il.

J'ai tellement faim que, si je ne me re-
tenais pas, je mangerais tout sec, sans lard
et sans légumes, les copeaux farineux de
l'écuelle.

Papot me dit :

— En veux-tu un pour patienter?

— Non, merci, faites votre soupe. Tout à
l'heure je lui dirai deux mots.

Actif, il se dépêche. Il va tremper ses doigts
dans la marmite et goûte. Il revient tailler le
pain de l'écuelle. Il a chaud et s'essuie, d'un
tour de bras, avec sa manche où pendent des
brins de racine.

Et, peu à peu, je m'occupe moins de la
soupe. Je suis distrait par l'éclosion d'une
perle sur le front de Papot. D'abord modeste,
elle ne brille que d'un faible éclat entre ses
deux sourcils. Et je vois qu'elle se déplace et
roule et suit la pente inévitable que lui offre
la nature. Et bientôt elle miroite au bout du
nez, ronde, claire et digne d'enrichir l'oreille

d'une femme, car ce n'est pas une perle fausse.

Puis elle a l'air de ne plus tenir que par un fil.

Enfin, elle tombe dans l'écuelle, sur le pain de la soupe. L'écuelle était trop large et le coup de manche arrive trop tard.

Aussitôt ma bouche, pleine de faim, se dégonfle. Passé l'appétit ! Je n'ai plus qu'à chercher un prétexte pour m'en aller, et si je ne trouve rien, je m'en irai quand même, car le Bon Dieu n'exige pas que je mange mon pain à la sueur du front des autres.

LE MAÇON

Incapable de l'imiter, je voudrais le comprendre. D'abord, ce qui m'étonne, c'est que, de son marteau pointu des deux bouts, il ne se crève pas l'œil et ne se tape jamais sur les doigts.

Puis, d'un coup de truelle, il flanque une première gifle de mortier au mur. Vite il la ramasse et de nouveau en frappe le mur. Avec plus de soin, il la ramasse encore pour l'appliquer au même endroit. C'est maintenant une succession de gifles rapides qui diminuent chaque fois, marquent et sonnent de moins en moins, jusqu'à la dernière, petite chiquenaude donnée d'un geste machinal, qui colle sans éclat et reste.

L'homme est là depuis cinq heures du matin. Il ne s'en ira qu'à sept heures du soir. Et il ne perdra pas le reste de sa journée. Il fera le jardinier, il se plantera, pour sa consommation personnelle, des pois jusqu'à ce que, dans la nuit noire, il ne distingue plus ses pieds de la terre.

Ah! j'ai bel air, les mains dans mes poches, une fleur aux lèvres, à le regarder. Sans doute, je risque de recevoir au nez un peu de ciment. C'est crâne !

Espèce de fainéant, saute donc sur une pioche, rends-toi utile, tâche de suer au moins pour ta santé, coupe la mauvaise herbe des allées! Tu mangeras et tu dormiras mieux.

Et j'attrape une pioche.

Aussitôt le chien aboie. Il ne me reconnaît plus.

LA CASCADE

Les étrangers se lèvent tous trois de bonne heure et quittent l'auberge, ficelés et raides sous le harnais. D'un pas de conquérant, ils marchent droit à la cascade.

On l'a « reconnue » hier soir. On va la mettre dans l'album, à côté du *Pont des fées*, du *Tilleul géant*, de la *Roche aux corbeaux* et de la *Pierre de Charlemagne*.

Oui, c'est irrévocablement le tour de *la Cascade*.

Le père s'arrête et fait un signe.

Le fils, qui portait le pliant, l'installe d'aplomb. Et il ouvre l'ombrelle blanche qu'il tiendra, toute la séance, sur la tête de sa sœur.

Et la jeune fille est déjà prête. Elle attend les ordres de son père.

Debout, l'œil clair, il étudie rapidement le site pittoresque. Puis, du doigt, d'un geste vif, il touche çà et là le feuillet d'album, dirige et parle bref :

— Ici, un rocher. A gauche, une racine pend. L'écume plus à droite, un peu de ciel au coin.

Ainsi il transmet, en détail, le paysage à sa fille.

Elle se dépêche. Elle veut suivre, et, les genoux serrés, courbée, invisible sous l'ombrelle de son frère qui ne remue pas, elle reprend de la couleur, avec frénésie, comme on pique une plume dans un encrier sec, elle peint, elle peint, sans regarder.

LE GOUTER DE QUATRE HEURES

Alfred, vrai touriste, ne craint pas le soleil. Il grimpe les sentiers depuis midi et ne s'arrête que pour admirer la nature par le viseur de son appareil photographique. Puis il repart, peinant de plus en plus sous le poids des « vues magnifiques » qu'il porte sur son dos.

Vers quatre heures, il arrive à la maison forestière du *Repos de la côte* et demande une limonade.

Et, tandis qu'il s'éponge et boit à se faire mal, les faneurs entrent dans la cour, car c'est l'heure de goûter. Ils touchent leur chapeau de jonc, par politesse, et viennent s'as-

seoir à la même table qu'Alfred, à l'autre
bout.

La servante apporte des verres, du pain,
une carafe de vin noir et une platée de fromage
blanc. Et les faneurs silencieux, le plus âgé
d'abord, se taillent des tranches de pain,
épaisses et larges, et se font des tartines.

De la pointe du couteau, ils écartent le fromage semé de fines herbes vertes. Ils prennent garde qu'il n'en tombe et ils rattrapent
promptement ce qui déborde.

Et ils coupent, dans la tartine, des morceaux réguliers où le fromage éclate de blancheur et tremble sur le pain.

Puis cela disparaît sans toucher aux lèvres
minces et rasées, dans leur bouche profonde,
et il n'en vient à celle de Félix que de l'eau
aigre.

Jusqu'à ce que le plat soit vide, essuyé,
net, les faneurs mangent en s'appliquant et ils
ménagent aussi leur vin.

Le goûter fini, ils ont du mal à se lever. Ils
restent encore un peu et se frottent les mains
sous la table.

Et comme Alfred se prépare, sans avoir l'air de rien, à les photographier, ils l'observent obliquement, lui, son appareil et sa limonade gazeuse, avec le sourire de Voltaire.

LES RIDEAUX D'ÉTAMINE

Enfin M. Pouques allait se reposer et vivre, car on ne vit pas à Paris, dans les bureaux. Il avait sa retraite. Il possédait sa maison de campagne si désirée. Il était presque installé et il venait de prendre son premier repas d'homme libre et maître chez soi.

— Je me réserve la salle à manger, dit-il à sa femme. La fenêtre ouvre sur le jardin. C'est de toutes nos pièces la mieux aérée, et quand il pleuvra je m'y tiendrai pour dormir, rêver, faire ce qui me plaît.

— Bien, mon ami, lui dit sa femme ; moi je préfère la cuisine. À elle seule, elle est plus spacieuse que notre appartement au cinquième de la rue Hervieu. Était-il petit? Je me demande par quelles grâces du ciel nous n'y sommes jamais morts étouffés. Nos volailles ici seront mieux logées. Donne-moi une semaine encore pour mettre de l'ordre et rien ne clochera.

— Qu'est-ce que tu fais là? dit M. Pouques.

Mme Pouques, droite sur une échelle double, vissait des pitons dans la croisée.

— Tu le vois, dit-elle placidement, je pose mes rideaux.

— Tu poses des rideaux à cette fenêtre, à ma fenêtre?

— Oui, dit-elle, et à toutes les autres. Sois sans inquiétude. L'échelle est solide.

M. Pouques qui était assis, un journal à la main, se dressa de surprise.

— Comment! espèce de garce, cria-t-il, tu t'imagines que j'ai travaillé comme un chien jusqu'à mon âge, économisé sou à sou de quoi acheter cette maison de campagne et ce jardin, ses arbres, ses fleurs et son ruisseau, pour que tu viennes me boucher ma vue et me cacher mon soleil avec tes guenilles?

Dépêche-toi · de m'ôter ça tout de suite,
entends-tu, vieille bourrique, si tu ne veux
pas que je les jette dans le feu et toi dehors !

Mme Pouques ne se le fit pas répéter deux
fois ; elle descendit de son échelle plus vite
qu'elle n'y était montée.

CORONAT

Autrefois, il y a des années, le régisseur Hubert, jeune alors et plein de vie, ne manquait jamais de dire, à la fin de chaque repas :

— *Finis coronat opus.*

De ses courtes études au collège, il n'avait guère retenu que ces trois mots. Il pouvait les traduire exactement : *Finis*, la fin, *coronat*, couronne, *opus*, l'œuvre. Cela signifiait :

— J'ai bien mangé, avec appétit, d'un bout à l'autre de mon déjeuner. La dernière bouchée ne valait pas moins que la première. La fin était digne du début.

Longtemps cette maxime lui parut claire et commode. Il l'expliquait en famille, aux amis, sans se tromper, comme pour dire :

— Vous le voyez, il me reste quelque chose du latin que j'ai appris.

Ce fut le sens du mot *opus* qui s'obscurcit d'abord. Hubert ne trouvait qu'avec peine le mot correspondant. Il le perdit tout à fait. *Opus* n'était plus qu'un sou étranger, percé, cassé, rouillé, sans valeur.

— Supprimons *opus*, se dit Hubert.

Et il prit l'habitude de refuser une moitié de pomme, un verre de liqueur en ces termes :

— *Finis coronat !*

Cela suffisait. Personne ne regrettait le reste. On devinait encore qu'Hubert voulait dire :

— Merci ; assez pour une fois. J'en ai jusque-là.

Et ceux qui avaient la tête le plus dure, comprenaient au moins l'un des deux mots, le mot *finis* :

— *Finis*, j'ai fini, ça va de soi, n'importe qui, un enfant saisirait.

Quant au mot *coronat*, peu à peu inintelligible, il frappait par sa sonorité et son mystère. Quel sens lui donner ? A quoi servait-il ?

Nul ne savait, mais chacun souriait de confiance, car il faisait bien à sa place.

Il fit mieux encore, dès qu'Hubert s'avisa de le prononcer seul. Il rejeta décidément *finis*, inutile et banal, et ne garda que *coronat*.

Et, aujourd'hui, la marque originale d'Hubert devenu vieux, ce qui le distingue des autres hommes du village, c'est de répondre à tout propos : *Coronat, coronat*.

Il ne dit plus ni oui, ni bonjour, ni : ça va, ni : au revoir; il dit *coronat*. Il remue sa tête blanchie et pousse son *coronat* comme un grognement familier appris en classe ou en nourrice.

LE CHIEN DÉCHAINÉ

Lasse d'avoir tant marché, la famille Piccolin décide qu'elle va se rafraîchir dans cette ferme, et M. Piccolin, du pied, pousse la barrière. Et il recule, parce qu'un chien attaché aboie, furieux, et se précipite vers lui d'une longueur de chaîne.

— On voit que tu ne m'as jamais vu, dit M. Piccolin; tu ne me reconnais pas.

Il demande à la fermière qui regarde ces visiteurs, de sa porte, sans se déranger :

— Est-ce qu'il mord, votre chien, ma brave femme ?

— Il mordrait, s'il pouvait, dit la fermière, et quand on le lâche la nuit, je vous promets qu'il ne fait guère bon rôder autour d'ici.

— Oh! je sais, dit M. Piccolin, qu'on les apprivoise avec du fromage de gruyère.

— Ne vous y fiez point, dit la fermière, si vous tenez à vos mollets.

— J'y tiens, dit M. Piccolin. En attendant, je vous prie de nous donner quatre tasses de lait pour moi et ma famille.

La fermière ne se presse pas de les servir. Elle les sert pourtant, et, comme elle a autre chose à faire, elle ne s'inquiète plus d'eux.

Les Piccolin, tenant du bout des doigts leurs tasses de lait qu'ils boivent par petites gorgées, se promènent dans la cour. Ils regardent les volailles et les instruments aratoires. Mais une inquiétude limite leur plaisir, et ils jettent fréquemment un coup d'œil au chien qui continue d'aboyer derrière eux.

— Te tairas-tu? lui dit M. Piccolin; ne sommes-nous pas encore amis?

Le chien tout noir montre ses dents si blanches qu'une femme en serait fière, dit Mme Piccolin, et semble un nègre révolté.

— La belle bête! dit M. Piccolin. Quoiqu'on ait du courage, elle impressionne.

Ils en oublient de visiter les étables, et ils viennent finir leurs tasses de lait devant le chien.

— A propos, comment t'appelles-tu? dit M. Piccolin.

Personne ne répond.

M. Piccolin passe en revue des noms de chiens célèbres. Aucun ne produit d'effet à ce chien et sa fureur augmente. M. Piccolin, qui n'ose approcher, le flatte vainement de loin, sur ses propres cuisses.

— Mon gaillard, lui dit-il, tu en fais un vacarme! Tais-toi donc, tu vas t'étrangler. C'est heureux que la chaîne soit solide.

Elle paraît si solide, qu'ils deviennent familiers. Ne pouvant calmer le chien, ils l'excitent, lui jettent du sable, aboient avec lui, ou, dédaigneux, attendent qu'il finisse.

— Quand tu voudras, lui dit M. Piccolin.

Et le chien hurle et bave, la gueule en feu comme un enfer, et il tord si violemment sa chaîne que, tout à coup, elle se casse et tombe par terre.

Il est libre !

Instantanément les Piccolin se figent. Mme Piccolin dit : « Mon Dieu ! mon Dieu ! » M. Piccolin, qui riait, reste bouche ouverte, comme s'il riait toujours. Les petits Piccolin oublient de se sauver. Une tasse s'échappe et se brise, et la fermière, les bras levés, accourt, moins vite, elle le sent, que le malheur !.

Mais le plus stupide c'est encore le chien.

Le bond dont il allait s'élancer, il ne le fait pas. Il tourne sur place. Il flaire sa chaîne qui ne le retient plus. Comme pris en faute, penaud, avec un grognement sourd, il rentre dans sa niche.

POMPÉE ET SAPHO

Comme Pompée et Sapho reviennent crottés, sournois et la gueule pleine de plumes, je vois bien qu'ils ont encore tué des volailles. C'est la chienne Sapho qui entraîne le chien, mais c'est Pompée qui, une fois hors de ma vue, se met en chasse avec le plus d'ardeur. Il va d'un train tel que Sapho peut à peine le suivre. Ils ne font pas de mal chez nous, car ils semblent avoir une petite patrie qu'ils respectent et dont ils fixent eux-mêmes les limites. Ils n'exercent leurs ravages que sur les terres des communes voisines. Aussitôt que Pompée aperçoit au milieu d'un pré une bande de poules, il ne ruse pas : il se précipite et attaque à découvert.

Des poules affolées, les unes fuient, les autres tâchent de s'envoler, et celles-ci, Pompée
les préfère. D'un bond, il les attrape au vol,
d'une patte les abat, et d'un coup de mâchoire
les entame. Sapho, déjà essoufflée, les achève.
On dirait que le chien fait à la chienne hom-
mage de son adresse.

Ils massacrent ainsi et se gorgent, jusqu'à
ce qu'un domestique, en criant, accoure avec
sa fourche.

Et les voilà.

Je devine tout, et, demain matin, le fermier sera chez moi de bonne heure, et il faudra raisonner, chicaner, s'excuser, finale-
ment payer.

Sapho se rase contre le mur : elle avoue.
Pompée, plus effronté, remue la queue et regarde si, par hasard, je me doute de
quelque chose et si j'ai de mauvaises inten-
tions.

Moi ! oh ! pas le moins du monde !

Je les appelle tous deux d'une voix caressante, je retiens mes pieds et mes mains
fébriles, et Pompée et Sapho me suivent, à

distance, rassurés peu à peu, jusque dans l'écurie. Je ferme la porte vivement, et à nous trois !

Pomp'e reçoit les coups de corde en hurlant, mais il hurle avant.

Sapho résignée n'est qu'une pelote. Elle ne souffle plus. Sans la lueur tremblante de ses yeux, je la croirais morte. Et je les corrige avec une application froide, évitant de leur dire des injures, au milieu d'un nuage de poussière et de balle d'avoine.

Quand j'en ai mal au poignet, je sors de l'écurie, allégé, et je referme la porte.

Ils resteront là deux jours, dans les ténèbres, à se lécher leur peau cuisante, à méditer.

Ils ne recommenceront pas de sitôt !

Avant de m'éloigner, j'écoute, une oreille collée à la porte.

Je les entends rire.

LA CUISINE

Seigneur, s'il est vrai que vous seul soyez
grand, ne réservez pas à ma vieillesse un
château, mais faites-moi la grâce de me garder, comme dernier refuge, cette cuisine
avec sa marmite toujours en l'air,
   avec la crémaillère aux dents diaboliques,
la lanterne d'écurie et le moulin à café,
   le litre de pétrole, la boîte de chicorée extra
et les allumettes de contrebande,
   avec la lune en papier jaune qui bouche le
trou du tuyau de poêle,
   et les coquilles d'œufs dans la cendre,
   et les chenets au front luisant, au nez aplati,
   et le soufflet qui écarte ses jambes raides
et dont le ventre fait de gros plis,

avec ce chien à droite et ce chat à gauche
de la cheminée, tous deux vivants peut-être,

et le fourneau d'où filent des étoiles de
braise,

et la porte au coin rongé par les souris,

et la passoire grêlée, la bouillotte bavarde
et le gril haut sur pattes comme un basset,

et le carreau cassé de l'unique fenêtre
dont la vue se paierait cher à Paris,

et ces pavés de savon,

et cette chaise de paille honnêtement
percée;

et ce balai inusable d'un côté,

et cette demi-douzaine de fers à repasser,
à genoux sur leur planche, par rang de taille,
comme des religieuses qui prient, voilées de
noir et les mains jointes.

LE SERIN

Quelle idée ai-je eue d'acheter une cage et de mettre cet oiseau dedans.

L'oiselier me dit : « C'est un mâle. Attendez une semaine qu'il s'habitue et il chantera des airs variés. »

Or l'oiseau s'obstine à se taire et il fait tout de travers.

Dès que je remplis son gobelet de graines, il les pille du bec et les jette aux quatre vents.

J'attache, avec une ficelle, un biscuit entre deux barreaux. Il ne mange que la ficelle. Il repousse et frappe, comme d'un marteau, le biscuit et le biscuit tombe.

Il se baigne dans son eau pure et il boit

dans sa baignoire. Il crotte au petit bonheur dans les deux.

Il s'imagine que l'échaudé est une pâte toute prête où les oiseaux de son espèce se creusent des nids et il s'y blottit d'instinct.

Il n'a pas encore compris l'utilité des feuilles de salade et ne s'amuse qu'à les déchirer.

Quand il pique une graine pour de bon, pour l'avaler, il fait peine. Il la roule d'un coin à l'autre du bec, et la presse et l'écrase, et tortille sa tête, comme un petit vieux qui n'a plus de dents.

Son bout de sucre ne lui sert jamais. Est-ce une pierre qui dépasse, un balcon ou une table peu pratique ?

Il lui préfère ses morceaux de bois. Il en a deux qui se superposent et se croisent et je m'écœure à le regarder sauter. Il égale la stupidité mécanique d'une pendule qui ne marquerait rien. Pour quel plaisir saute-t-il ainsi, sautillant par quelle nécessité ?

S'il se repose de sa gymnastique morne, perché d'une patte sur un bâton qu'il étran-

gle, il cherche de l'autre patte, machinalement, le même bâton.

Dès qu'il s'endort, fermé, pelotonné, il a
soin de s'appuyer aux barreaux, comme s'il
craignait une chute et de se réveiller par
terre.

Aussitôt que, l'hiver venu, on allume le
poêle, il croit que c'est le printemps, l'épo-
que de sa mue et il se dépouille de ses
plumes.

L'éclat de ma lampe trouble ses nuits,
désordonne ses heures de sommeil. Il se couche au crépuscule. Je laisse les ténèbres
s'épaissir autour de lui. Peut-être rêve-t-il?
brusquement, j'approche la lampe de sa cage.
Il rouvre les yeux. Quoi! c'est déjà le jour?
Et vite il recommence de s'agiter, danser,
cribler une feuille, et il écarte sa queue en
éventail, décolle ses ailes.

Mais je souffle la lampe et je regrette de ne
pas voir sa mine ahurie.

J'ai bientôt assez de cet oiseau muet qui ne
vit qu'à rebours, et je le mets dehors par la
fenêtre... Il ne sait pas plus se servir de la

liberté que d'une cage. On va le reprendre avec la main.

Qu'on se garde de me le rapporter.

Non seulement je n'offre aucune récompense, mais je jure que je ne connais pas cet oiseau.

UNE ROSE D'AUTOMNE

C'est une houppe de senteur, c'est un nid d'ailes de papillon. C'est une étoile de la danse.

Elle s'épanouit trop vite dans une flûte d'eau pure, près de la lampe. Chaque matin je donne un coup de canif à sa tige. Elle qu s'élançait gracieuse, elle ne sera bientôt qu'une naine. Déjà elle perd pied, et le col de sa flûte la serre.

Elle regarde toujours de mon côté d'un œil voilé de multiples paupières.

Ou, si je dis des vers, elle m'écoute, comme une oreille penchée.

Ce soir, sa première feuille tombe, avec le bruit seulement qu'il fallait pour m'avertir.

Puis une autre se détache. C'est son automne qui commence.

Elle ne se dépouille qu'à regret, et s'arrête souvent, prise de pudeur.

Il faut que, je l'aide, que d'un doigt sensuel, j'écarte ses dessous à peine rosés et que j'aille jusqu'au cœur.

Et le cœur aussi se désagrège.

Longtemps ses parfums lui survivent et flottent, libres, autour de moi.

Des feuilles mortes, j'applique à mon front les plus fraîches, que la chaleur recoquille.

Je mâche mélancoliquement le reste.

LE PETIT BOIS DE COOLUS

Entre, Coolus.

Ce n'est ici qu'ombre et fraîcheur.

A peine quelques gouttes lumineuses tombent çà et là du ciel.

Vois ce scarabée sur cette bouse, comme une riche épingle sur une épaisse cravate.

Déplace ces moucherons et marche un instant la tête dans leur fragile orchestre.

C'est l'heure où le petit bois, comme une volière peinte, garde prisonniers les oiseaux.

Écoute un merle qui flûte mieux que toi.

Observe, de loin, ce bouleau. Il ne fait que se cacher derrière les chênes, comme un homme en veste claire qui voudrait fuir.

Et toi-même, ô libre poète ! avoue que si le

garde champêtre paraît, tu salueras le premier.

N'aie pas peur. Ce que tu entends, c'est
une source invisible qui s'échappe des ronces
lilliputiennes et cause toute seule. Il n'y a
personne. Le petit bois est à Coolus. Je le lui
prête.

Je lui prête ses délices.

Je te prête son étroit chemin que tu ne
peux suivre que d'un pied, et je te prête,
comme des serviteurs, ses arbres élégants
qui, pour t'abriter, se passent l'un à l'autre
une ombrelle de feuilles.

Mais si tu veux goûter, comme il faut, le
charme du petit bois, va de temps en temps
jusqu'à la lisière, ouvre les branches et
regarde là-bas, ces prés sans herbe, cette
route aveuglante et ce clocher pointu qui fond
au soleil.

Tout brûle dehors, Coolus. Ferme vite les
branches.

L'ORAGE

— Avez-vous peur de l'orage?

— De l'éclair ou du tonnerre?

— Des deux; l'un tue et l'autre assomme.

— Écoutez, franchement, j'aime mieux autre chose.

*
* *

La cousine Nanette a fait deux trous au bas de sa porte, l'un pour laisser passer le chat, l'autre pour laisser sortir le tonnerre. Celui du tonnerre est plus petit, car elle sait le tonnerre bien capable, s'il veut, d'enfiler une perle.

*
* *

Après une journée de purgatoire, on dîne

dehors, en bras de chemise. On mange mal et on boit trop. On parle peu, mieux vaut souffler. A chaque instant, notre ami Octave pose sa serviette et s'éloigne pour regarder les nuages qui se dressent à l'horizon comme des bêtes féroces. Ils grandissent et se multiplient. Les plus proches en appellent de nouveaux qui montrent déjà la tête, et ceux-là font des signes lents à d'autres qu'on ne voit pas. Octave revient, le visage ténébreux.

Tout à coup, Paul-Émile, qui ne disait mot, va uriner.

Et Alexandre ne cesse de guetter à la girouette immobile la direction du vent.

— Est-il pour nous, celui-là?

— Cet orage? Oh! il ne passera pas loin. On étouffe.

— Fait-il beaucoup d'orages ici?

— Relativement moins qu'ailleurs, répond Paul-Émile de retour. Il y a, paraît-il, une montagne là-bas qui les divise.

On respire.

Mais Paul-Émile ajoute :

— Par exemple, s'ils sont rares, ils sont terribles.

Dieu! que c'est énervant! Et quelqu'un qui parle sans savoir, qui a besoin de dire quelque chose, affirme que le tonnerre est déjà tombé une fois sur cette maison. Il a fendu la cheminée, brisé des tuiles.....

— Le tonnerre ou le vent?

— Le tonnerre, le tonnerre!

On croirait les femmes plus braves. Elles s'efforcent de verser à boire et d'offrir du pain, elles disent seulement que les mouches collent et elles traînent les pieds.

A la vérité, elles n'aiment pas prévoir, et elles se réservent. Il sera temps tout à l'heure que chacune d'elles cherche un placard à chaque coup de « gros nénerre ». Là-haut, d'un coin de ciel resté pur, une étoile nous désigne, avec un pâle sourire, aux fauves menaçants qui se déploient toujours.

*
* *

Il est vrai que la sécheresse dure depuis longtemps, que nous manquons d'eau et que

cet orage en va mettre un peu dans les puits.
Mais pour une goutte d'eau sur nos lèvres et
nos légumes, quelles transes !

.*.

Si j'observe ma maison, quand il fait soleil,
si je la mesure du regard et que j'étudie la
place qu'elle occupe au village, je me dis :
Le tonnerre tomberait plutôt sur mes voisins.

Mais, dès qu'approche l'orage, j'oublie
toutes les maisons des autres et je sens bien
que le tonnerre ne peut tomber que sur la
mienne.

.*.

Oh ! ce ciel d'angoisse ! Quand j'étais petit,
les nuages passaient moins près de la terre.
Je suis sûr que mes nerfs étincellent.

Quel vent ! Les chiens fuient de travers,
la queue presque en tête, et les poules rou-
lent comme des ombrelles retournées.

.*.

Jamais peut-être mon amie n'a brillé de
plus d'éclat. Sa joue reflète un soleil couchant ;
ses lèvres orageuses sont deux cerises oubliées

par les oiseaux, ses dents deux fines rampes lumineuses, et ses yeux vagabondent à la pêche au feu.

Elle m'excite, mon amie.

— Viens donc! lui dis-je.

Elle ne s'enfuit pas.

— Plus près!

Comme elle obéit! Riche fleur d'un soir d'été fraîchement arrosée, comme elle s'incline! Et je la regarde, muet, avec la triste ardeur d'un ivrogne qui fixe un verre plein, et je veux la prendre.

— Chut! dit-elle.

Elle entend un bruit de tonnerre lointain.

J'écoute aussi, et un nouvel avertissement gronde.

C'est fini. Rien ne presse plus. Séparons-nous.

.·.

Et il ne suffit pas de se fourrer les doigts jusqu'au fond des oreilles, il faut encore se retenir de penser, car certaines pensées attirent la foudre.

*
* *

Quelle magnifique collection d'éclairs ! c'est le clignement d'yeux des albinos, c'est le boulanger qui tire soudain et ferme la porte du four, et c'est l'arme blanche qui fend l'ennemi de la tête aux pieds.

Quelques-uns, brefs, pétillent à peine comme le moustique qui se brûle à la flamme d'une chandelle, et quelques-uns rayent le ciel entier, interminables et fantaisistes comme des signatures de grands hommes.

*
* *

Bien visé, tonnerre de Dieu !

*
* *

Un instant le monde reste aplati. Mais notre orgueil, vite après, se relève. Voici un soleil neuf. Les coqs (imagine-t-on l'effet d'un orage dans une tête de coq ?) chantent victoire et toute notre âme s'acre. Redevenons familiers avec Dieu, et rejoins-moi, ma mie ; on peut maintenant s'offrir une ventrée d'amour.

LA PLUIE

— Il pleut, il mouille, c'est la fête à la
grenouille. Les nuages muets glissent au ciel
comme des fumées d'incendie. Tout ce monde
qui réclamait de l'eau doit être content. Le
foin allait devenir plus cher que le pain. La
rivière se faisait toute petite dans son lit, et
la terre était sèche au point que, rien qu'à la
regarder, on avait soif. Pluie, pluie, mouille,
mouille, hache l'air, écrase aux vitres tes
perles molles ; tu peux, jusqu'à ce que tu
m'ennuies, tomber pour le bien des autres.
Je vois là-bas, dans le pré, un cheval que
tu rafraîchis. Il cesse de manger l'herbe.
Il bouge le moins possible. Il ne perd pas
une des gouttes que tu lui donnes. A côté,

un bœuf beugle si doucement d'aise qu'à chaque coup il boit une gorgée.

Les arbres ne reçoivent pas tous la pluie de la même façon. Les petits, qui manquent d'habitude, voudraient s'échapper, et leurs feuilles palpitent comme des oiseaux pris. D'autres se mettent en boule comme une femme relève ses jupes gonflées par-dessus sa tête.

Et il en est que la grêle ne troublerait plus et qui se tiennent droits, immobiles, sur un pied.

Une voiture, s'éloigne sans bruit, par un chemin de traverse. D'ici, je jurerais qu'il n'y a personne dedans.

On dit qu'il va pleuvoir pendant quarante jours. C'est peu probable. Je ne crois pas à un nouveau déluge. Il ne reste plus assez de méchants sur la terre.

SUR LE PONT.

On ne se rappelle plus la couleur du soleil.
Les nuages se pressent et fument comme des
flots d'eau chaude. A la fin, cette pluie achar-
née nous met en rage. Toutes les pommes de
terre et tous les haricots se perdent. Boussard
n'y tenait plus. Il est parti ce matin avec sa
brouette et un sac et je le vois revenir avant
la nuit. Son sac est plein de pommes de terre,
sa brouette trop lourde. Il fait peu de chemin
à la fois. Il s'arrête fréquemment, s'assied
sur un brancard et se repose.

— Sont-elles gâtées?

— J'ai compté, dit-il; il y en a une sur
cinq; et la terre de mon champ est la plus
saine du pays. En voilà un sac de triées, mais

elles peuvent avoir une petite tache invisible
et le mal les achève dans la cave. D'ailleurs,
si ce temps dure, elles pourriront toutes sur
pied.

— Vous les donnerez à votre cochon.

— Il les rebutera peut-être. Quelquefois
un cochon est plus difficile qu'un homme.

Boussard se lève et ne se plaint pas, tandis
que sa femme ne peut jamais dire une parole
qui ne soit une plainte. Sur le pont, il lâche
encore sa brouette pour regarder la rivière.
Elle déborde dans les prés par d'éphémères
torrents. Toute la vallée est comme une im-
mense glace en morceaux. Des arbres ont de
l'eau jusqu'au cou. Des branches à la dérive
se heurtent et s'accrochent. L'une d'elles se
dresse brusquement hors des flots comme
une main, et retombe. On ne voit que le mur
d'un jardin noyé. Qui devinerait qu'à cette
place baigne et rouit une récolte de chanvre?

Il a tant plu que, dans chaque ornière de la
route, une petite fille pourrait s'installer un
lavoir.

Une moitié de figure glacée, l'autre brûlante, j'écoute les battements de l'eau contre l'arche. Des paysannes, courbées sous leur hotte de bois mort, me disent bonsoir à voix basse.

Un âne rentre seul. Un chien a l'air d'un loup. Ce peuplier jongle avec deux pies que que le vent affole. Le château ferme ses volets. Les maisons du village se resserrent pour la nuit. Derrière cette porte, quelqu'un agonise. On a justement fait cet été un nouveau cimetière. Entre ses quatre murs neufs, il attend. Qui va l'étrenner?

LA RIVIÈRE

Elle ne passe pas devant la porte de tout le monde.

Elle passe au pied du château plus lentement qu'ailleurs ; elle passe sous les vannes et les roues du moulin ; elle passe devant la porte de Jérôme, devant celle de Pierre Coquin et devant la mienne, et c'est tout ; sans s'occuper des autres, elle quitte le village et se hâte dans la vallée, vers les clochers lointains qui lui font signe.

Les Lorillot voudraient faire croire qu'elle passe devant leur porte, mais ils mentent. Ce qui passe devant leur porte, ce n'est qu'une fausse rivière, un bras maigre que la rivière sort de son lit, les lendemains d'orage, et seuls les étrangers s'y méprennent.

On dit qu'elle passait autrefois devant l'ancienne église et, comme il lui arrivait de noyer les morts, la nouvelle église s'est re-. culée.

Au village il faut une rivière et je m'étonne qu'il y ait des villages où la rivière ne passe pas. Pourquoi le village voisin perche-t-il là-haut ? Chaque année ses habitants souffrent de la sécheresse et se lamentent. Quel homme eut le premier l'audace de bâtir sa maison sur ce faîte aride, quand il pouvait rester au bord de cette rivière, où, près du nôtre, son village serait si bien ?

Et maintenant, c'est trop tard. Le village ne peut plus redescendre. Les pauvres n'aiment pas déplacer leurs maisons.

LE FOU

Le soleil couché, Félix s'assied par terre, près de la cheminée sans feu. Il n'allume pas sa chandelle. Il laisse la nuit l'envelopper et, comme une servante soigneuse, couvrir la huche, les chaises et le lit. Bientôt il ne distingue plus que le balancier de cuivre qui va et vient dans l'horloge invisible.

Et voici que la lune se lève.

Félix la devine et sent qu'elle monte, légère, parmi les arbres. Ils vont la toucher du bout de leurs pointes, l'accrocher au passage. Mais elle glisse, leur échappe, et verse devant elle, pour annoncer sa venue, une lueur claire comme un flot de petit-lait.

Félix remue les lèvres et tend les mains. Il

la prie de venir plus près. Elle touche au bord du toit. Elle s'approche encore, se colle à la fenêtre et semble s'immobiliser un instant.

Aussitôt, la face blanche et dilatée, tandis que l'émotion fait dans son cœur un bruit de source, Félix joue à la lune, sur son bras gauche comme violon, avec son bras droit comme archet, un doux air de musique qui n'en finit plus.

EFFETS DE LUNE

I

Le soir, si je sens que la lune monte derrière moi, à pas de loup, vite je me retourne et je la regarde en face. C'est plus prudent. Et je voudrais, comme je la regarde, que quelqu'un me lût, dans l'ombre, des détails précis sur elle. Au cœur d'un ignorant, le mystère de la lune fait mal. Elle est le désespoir du poète qui ne peut en dire quelque chose de neuf.

Les petites vagues remuent ce soir comme
des lèvres de dévotes. La barque trempe à
peine. Les rames touchent l'eau avec une
légèreté de mains maternelles, et mon amie
n'ose pas chanter.

Autour de l'étang, le bois dort dans une
brume qu'un cri dissiperait et les lueurs qui
flottent sur l'eau s'effaroucheraient d'une
pensée vulgaire.

L'étang, le bois, le village ne pèsent rien
et ne tiennent plus à la terre, car la lune
éclatante nous attire, là-haut, sans effort. De
ses rayons, les uns s'attachent aux pointes
successives du paysage et l'enlèvent; les
autres se nouent comme des fils à nos yeux,

et nous montons vers elle, pendus, aériens.

Je tremble qu'un chien ne jappe, qu'un coq
ne se réveille, qu'une de nos deux ombres
ne bouge.

Femme aimée, prends bien garde, nous
approchons; mais si tu dis un mot, nous
sommes perdus : brusquement, tout va retom-
ber du ciel sur la terre, fils cassés, étang et
bois brouillés, rames brisées, rêve en miettes.

PIERRE ET BERTHE

PETIT DRAME DE JARDIN

LE PAPA, LA MAMAN, PIERRE, BERTHE

I

LA MAMAN

Cette pièce d'eau est ma terreur. Vidons-la.

LE PAPA

Pourquoi? Nous serons heureux de l'avoir
en plein été, aux grandes chaleurs. Elle ra-
fraîchira le jardin. D'ailleurs, tranquillise-toi.
Je pose solidement mes fils de fer; les enfants
ne passeront pas.

LA MAMAN

Tu m'assures qu'il n'y aura aucun danger?

LE PAPA

Veux-tu que je mette un fil de plus?

LA MAMAN

Oui. La moindre inquiétude me voilerait le
charme de cette campagne.

LE PAPA

J'ajoute deux fils. (*Au petit Pierre*) Appuie-
toi. Rien ne bouge. Essaye de te glisser entre
les fils. Un chat même y renoncerait. Tâche
d'enjamber. Ouiche ! Je te conseille de dou-
bler tes assiettes de soupe pour grandir, mon
garçon. Ça va-t-il ainsi, maman ?

LA MAMAN

Très bien. Avons-nous prévu tous les acci-
dents possibles ?

LE PAPA

Le feu et l'eau étaient seuls à craindre. Tu
réponds du feu ?

LA MAMAN

On n'allume du feu qu'à la cuisine et les
enfants n'y vont jamais.

LE PAPA

Reste l'eau, et il me semble que j'ai pris
contre elle les précautions nécessaires.

LA MAMAN

Enfin, je dormirai sans trouble.

LE PAPA

Que ce fil de fer abîme donc les mains ! Il
noircit la peau, coupe le doigt et casse l'ongle.

LA MAMAN

A la bonne heure, tu as bien travaillé. Je
t'embrasse pour ta peine.

II

(Et leurs visages se touchent presque quand ils entendent le bruit sourd d'une chute. Ils tournent vivement la tête. Le père se précipite, affolé. La mère dit : Oh! oh! avec détresse, et tremble, tremble, comme si son corps était tout en feuilles. Mais déjà le père a saisi par les pieds et relevé la petite Berthe tombée dans un baquet, un étroit baquet où s'égoutte la pompe, et dont ils ne se défiaient pas plus que d'un bol.)

LA MAMAN

Couche-la... de côté! vite, une serviette, un médecin, le pharmacien!

LE PAPA

Rien... n'est rien... ce n'est rien. La petite fille n'est pas tombée. C'est le papa, le papa...

LA MAMAN

Mets-la sur mes genoux, que je l'essuie. Oh ! ces cheveux collés, ces yeux blancs ! Et elle venait de manger.

LE PAPA

Elle suffoque ; elle en a avalé un peu.

LA MAMAN

Donne-lui des claques dans le dos.

LE PAPA

Crache, crache, ma petite. Le méchant papa te bat. Crie ! crie ! Elle crie. Tant mieux, tant mieux.

LA MAMAN

Elle revient. Elle n'a presque pas rendu.

LE PAPA

C'est fini. Dis que c'est fini, Berthe. Je l'ai ramassée à temps.

LA MAMAN

Elle grelotte, toute mouillée.

LE PAPA

Change-la au soleil. Je frotterai ses membres, sa poitrine avec un linge bien sec. Elle se calme. Elle n'a plus dans les yeux qu'un reste de surprise.

LA MAMAN

Maintenant, je ne redoute que les suites, une indigestion.

LE PAPA

Je crois que nous en serons quittes pour l'angoisse. Une fois de plus, nous l'aurons arrachée à la mort.

LA MAMAN

Et cette fois, c'est toi qui la sauves.

LE PAPA

Je suis content, comme si, à mon tour, je venais de la mettre au monde.

LA MAMAN

Quelle secousse! Laisse-moi pleurer, afin que mes nerfs se détendent.

LE PAPA

Pleure. J'avoue aussi que les paupières me picotent.

III

LA MAMAN

Elle sourit. Elle se réchauffe. Ses joues se colorent. On dirait qu'elle veut s'endormir de lassitude.

LE PAPA

Je préfère qu'elle remue. Mets-la par terre.

LA MAMAN

Elle chancelle. Marche doucement, Berthe!

LE PAPA

Elle n'a rien de noyé. La voilà qui trotte comme une aiguille à secondes.

LA MAMAN

Est-elle gentille! Prenons garde. Elle va droit au baquet.

LE PAPA

Berthe, qui a fait la culbute dans lè baquet?

BERTHE

C'est Berthe.

LE PAPA

Tu vois ce qui arrive, quand on désobéit.

LA MAMAN

Pauvre petite! nous ne lui avions rien défendu.

LE PAPA

Tu ne toucheras plus au baquet.

BERTHE

Pu toutouche au baquet.

LE PAPA

Et qui t'a retirée du baquet?

BERTHE

C'est maman.

LE PAPA

Mais non, vilaine ingrate, c'est papa.

LA MAMAN

Elle dit que c'est moi, parce qu'elle n'a vu clair que dans mes bras, lorsque je lui changeais sa chemise. Qui t'a déshabillée, Berthe?

BERTHE

C'est papa.

LE PAPA

Elle confond. Elle reste légèrement étourdie. Qu'importe? elle vit.

LA MAMAN

Grâce au ciel! Je déteste les patenôtres, mais j'ai envie de prier, de remercier quelqu'un.

LE PAPA

On a beau être un esprit fort. D'habitude, le mot *providentiel* me choque. Pourtant il vient de se passer quelque chose d'extraordinaire. Berthe jouait souvent autour du baquet, seule et loin de nous. Son frère même jouait d'un autre côté.

LA MAMAN

De temps en temps, j'appelais : Berthe! Berthe!

LE PAPA

De temps en temps! Mais le malheur qui guette, profite d'une minute de distraction. Par hasard ou par miracle, nous étions là au moment fatal.

LA MAMAN

Je t'en prie, n'insinue pas que c'est de ma faute. J'ai assez souffert.

LE PAPA

C'est de notre faute, ou plutôt ce n'est de la faute à personne. Pour dire la vérité, nous n'avions peur que de la pièce d'eau. La pièce d'eau, unique ennemie, nous hypno-tisait. Nous ne songions qu'à ses menaces, et tandis que je la treillissais de mes fils de fer, le baquet sournois attirait l'accident.

LA MAMAN

Qui pouvait imaginer cette mauvaise chance?

LE PAPA

Je t'engage à nous plaindre.

LA MAMAN

Le baquet contenait-il un verre d'eau? On la boirait.

LE PAPA

Précisément. S'il avait été plein, Berthe y aurait seulement trempé ses menottes, debout. Il était presque vide. Elle a dû se pen-cher et basculer.

LA MAMAN

Je vivrais un siècle avant d'oublier ses deux petites jambes qui battaient l'air, et ton mouvement si rapide que je me sentais inutile et que, plantée, je ne ne respirais plus, dans la crainte de te gêner. Les hommes perdent moins facilement la tête que les femmes.

LE PAPA

Je t'assure que j'ai couru et agi d'instinct.

LA MAMAN

Jamais elle n'en serait sortie toute seule !

LE PAPA

Comment veux-tu qu'une enfant de son âge?... Quel âge a-t-elle au juste ?

LA MAMAN

Deux ans, quatre mois et huit jours.

LE PAPA

Parbleu ! Son nez portait au fond du baquet. Son visage seul baignait. Ses mains n'avaient aucune prise. Du reste, remarque-le, quand un enfant qui tombe se fait mal, il ne veut pas se relever. Et Berthe ouvrait la bouche au lieu de la fermer.

LA MAMAN

Je frissonne. Devine à quoi je pense : aux tableaux piqués le long de la Seine et qui portent, écrites en grosses lettres, des instructions pour ranimer les noyés. On se garde de les lire. Ah! je les lirai et relirai désormais.

LE PAPA

Oh! moi, je savais. Berthe hors de l'eau ne m'embarrassait plus.

LA MAMAN

C'est égal, procurons-nous un dictionnaire où se trouvent ces renseignements pratiques.

LE PAPA

D'abord, couvrons le baquet.

LA MAMAN

Brise-le, jette-le.

LE PAPA

Toujours les moyens extrêmes! Outre que son propriétaire nous le réclamerait, la place de ce baquet est sous la pompe.

LA MAMAN

Il nous rappellera sans cesse cette journée maudite.

LE PAPA

Sa vue nous servira de leçon.

LA MAMAN

Alors bouche-le hermétiquement.

LE PAPA

Espères-tu que je bâtirai une maison dessus? Quelques vieilles planches suffiront.

LA MAMAN

Cesse de plaisanter. Le ciel me paraît moins pur qu'avant. Il s'obscurcit d'une teinte terreuse, lugubre.

LE PAPA

Regarde plutôt ta petite fille gambader dans les allées. Elle ne se ressent de rien. Le Dieu des ménages nous protège. Mérite ton bonheur et fais-lui joyeuse mine, sinon il se détournera de toi. Il te comble et le ruban qui nouait les cheveux de Berthe s'est dénoué dans le baquet, afin que tu puisses le sécher, le baiser et le garder précieusement.

IV

LA MAMAN

Comme on les aime! mais nous sommes environnés de pièges. Loin de nous reposer dans une sécurité fausse, redoublons d'attention, et puisqu'il est indispensable que tu ailles à ton bureau, que je couse une heure ou deux par jour, que la bonne fasse son ouvrage, il faut que tu achètes un chien, de ceux qu'on dresse à sauver les enfants, un chien de race docile, qui nous supplée.

LE PAPA

Et nous le médaillerons chaque fois qu'il nous rapportera Berthe ou Pierre par la culotte ou la robe.

LA MAMAN

Je me tais : je cause avec Pierre. Écoute,
mon petit Pierre. Tu as vu tomber ta petite
sœur dans le baquet. Tu ris. Je te défends de
rire. Ton rire m'afflige.

PIERRE

Je te jure, maman, que je ne l'ai pas poussée.

LA MAMAN

Il ne manquerait plus que cela. Personne
ne t'accuse. Sans ton père, Berthe mourait.
Allons, ne pleure pas. Donne tes deux mains;
montre tes yeux et réponds comme un
homme. Au cas d'un nouvel accident, si
Berthe retombait devant toi, dans l'eau, par
exemple, dans le feu ou sous une voiture,
que ferais-tu?

PIERRE

Moi, je saurais bien me relever, maman.

LA MAMAN

Pierre, il s'agit de Berthe, que ferais-tu
pour Berthe?

LE PAPA

Laisse-le, il ne se rend pas compte, tu le tourmentes.

LA MAMAN

Il faut qu'il comprenne. Pierre, tu es l'aîné, le plus grand, le plus sage...

PIERRE

Oui, maman, et je dois toujours céder.

LA MAMAN

Attends donc que j'aie dit ce que je veux dire. Nous mettons Berthe sous ta protection. Nous te la confions. Surveille-la en gardien responsable et, dès qu'elle tombe, relève-la sans hésiter une seconde.

PIERRE

Et si elle est trop lourde, maman ?

LA MAMAN

Efforce-toi quand même de la relever et appelle-nous à ton secours.

PIERRE

Je t'appellerai, maman.

LA MAMAN

Moi ou ton papa.

PIERRE

Est-ce que je peux appeler aussi la bonne?

LA MAMAN

N'importe qui, pourvu que tu cries. Crie
afin que je t'entende.

PIERRE

Maman! maman! Comme ça, maman?

LA MAMAN

Plus fort.

PIERRE

Comme quand tu me grondes?

LA MAMAN

Des fois tu t'en moques. Crie aussi fort que
tu pourras.

PIERRE

Comme si j'étais perdu dans les bois.

LE PAPA

Raidis-toi sur la pointe des pieds, gonfle
ta gorge, jette toute ta voix.

PIERRE

Comme quand j'ai tellement envie d'un
joujou que ça me fait mal au ventre.

12.

LA MAMAN

Oui, c'est ça, ou plutôt comme quand tu
as mal au ventre la nuit et que tu nous ré-
veilles, brusquement, d'un seul cri de dou-
leur.

PIERRE

I

LA MAMAN

As-tu bien dormi, cette nuit ?

PIERRE

J'ai dormi à chaque instant.

LA MAMAN

As-tu fait de jolis rêves ?

PIERRE

J'ai rêvé que j'avais une tête grosse comme
une bille et que je glissais sur le parquet avec
des pattes de poulet.

BERTHE se réveille et se dresse dans son lit à elle.

Pierre, veux-tu que j'aille dans ton lit à
toi ?

PIERRE

Non, Berthe, on s'embrouillerait.

II

PIERRE

Tu vois ce joujou ?

BERTHE tend les mains.

Oui.

PIERRE

Je te le donne, il est à toi.

BERTHE prend le joujou.

Merci.

PIERRE reprend le joujou.

Redonne-le moi, que je te montre comme je te le donne. Tiens, regarde, je te le donne pour de vrai. Ce n'est plus mon joujou. C'est ton joujou. Je ne te le prête pas, tu comprends, je te le donne, je te le donne.

BERTHE

Oui.

PIERRE

D'ailleurs, écoute, tu n'en as pas besoin et je te donnerai, un autre matin, quelque chose de bien plus beau.

III

— Pierre, lui dis-je, quand on ne demande rien, on a toujours quelque chose.

C'est là une idée qui l'étonne d'abord. Puis il l'admet. Soit. Il ne demandera plus rien pour lui. Mais, de peur que sa discrétion ne passe inaperçue, il me dit de temps en temps, d'un air dégagé :

— Tu devrais bien acheter quelque chose.... pour ma pauvre petite sœur !

IV

LA MAMAN

LA MAMAN

Puisque tu es vilain, tu n'auras pas de dessert.

PIERRE

Maman, j'aime mieux te le dire, cherche une autre punition. Je n'y tiens plus au dessert, non, je t'assure, même à la crème. Tu ne me priverais pas en ne m'en donnant pas. Tu peux m'en donner.

V

LE PAPA

Pour cette fois, je te pardonne, mais la prochaine fois, tu seras mis en pénitence une heure ; si tu recommences, tu y resteras le double ; et ainsi de suite, en augmentant Saisis-tu ?

PIERRE

Oh ! oui, mon vieux papa, c'est admirable.

VI

LA MAMAN

Pourquoi ne ramasses-tu pas vite ta sœur,
quand elle dégringole dans l'escalier ?

PIERRE

J'attends qu'elle ait fini de tomber.

VII

Berthe est malade. Elle ne cesse d'avoir quarante degrés de fièvre. Nous sommes très inquiets et, pour qu'elle avale ses potions, je lui promets, chaque matin, un joujou neuf, et chaque soir, je rapporte ou une voiture de laitier, ou un chien qui saute, et toutes les poupées que le génie des bazars peut inventer. Mais les joies de la petite ne durent guère. Elle n'a plus la force de jouer. Elle n'a que la force de regarder, à travers les mailles du filet de son lit, ses joujoux rangés sur une table. Elle ne va pas mieux. Elle ne va pas mieux ! nous n'y comprenons rien. Pierre non plus. A plat ventre, il regarde aussi les joujoux, ces richesses inutiles auxquelles sa sœur défend qu'on touche.

— C'est pourtant à mon tour, dit-il, d'être malade.

VIII

Comme la maman reste au chevet de la petite sœur, il faut que je sorte Pierre.

— Je te remercie que tu me sors, dit-il.

Il danse de plaisir, très fier, et je lui dis :

— Tu comprends, c'est un honneur de sortir avec moi. Aussi n'emporte ni cerceau, ni ballon, ni pelle, ni ficelle. Ça nous gênerait. Tâche de n'avoir aucun besoin et surtout ne demande rien.

— Alors, dit Pierre, j'emporterai ma canne.

— Pourquoi faire ? Tu peux casser une glace ou me crever un œil. Nous marcherons tous deux, droits, la main dans la main, comme un seul homme. Nous causerons, et si tu veux, nous profiterons de notre prome-

nade pour mettre au courant quelques visites
arriérées. Il y a des mois qu'on en doit une
à nos vieux amis les Bernard.

— Ah ! oui, dit Pierre sérieux, ce sera plus
amusant.

Il a l'air convaincu. Je l' « achève » en lui
disant :

— A ton âge, il ne faut pas être égoïste.

IX

Il est en retard. On a oublié de lui donner des idées nettes sur Dieu, sur les religions, sur la mort. Il ne connaît que la vie. Il a vu, mais de loin, des enterrements qu'il confond avec les cavalcades, et c'est la première fois qu'il croise de si près cette voiture noire, ces chevaux noirs, ces hommes noirs.

— Salue, lui dit la maman.

— Pourquoi saluer ?

— Salue. Je t'expliquerai après.

Pierre ôte son chapeau et dit avec force :

— Salut, messieurs !

La petite sœur a entendu. Son frère s'amuse. Amusons-nous ! Et elle s'écrie :

— Je veux voir la mariée, je veux voir la mariée !

X

Si tu veux, Berthe, nous allons jouer à la montre.

LA MAMAN

Je vous ai défendu de toucher à la montre.

PIERRE

Nous n'y touchons pas. Nous jouons à la regarder, sur la table. Berthe, prends la petite aiguille, moi, je prends la grande.

Allez, une, deux, trois, regardons !

XI

PIERRE

Qu'est-ce que c'est que ça?

LA MAMAN

Un sanglier.

PIERRE

Mort?

LA MAMAN

Naturellement, puisque c'est un sanglier
de bronze.

PIERRE

Il a donc fait des actes d'éclat, pour qu'on
le mette en statue? Et ça?

LA MAMAN

C'est Louis XIV, qui a régné soixante-douze ans.

PIERRE

Il devait rudement bien régner.

XII

PIERRE

Papa! tu as l'air aussi embêté que Robinson Crusoé.

LE PAPA

Laisse, je travaille.

PIERRE

Travaille, travaille, mon vieux papa, pour gagner le gros lot, le grelot, comme dit Berthe.

LE PAPA

Et toi aussi, Pierre, travaille, et je te promets que, si tu travailles bien, je te mènerai à l'Odéon voir le *Malade imaginaire*, et qu'après nous irons souper.

PIERRE

Dans une brasserie?

LE PAPA

Oui, dans une brasserie, une vraie brasserie, chez Pousset.

Ce nom fameux étonne Pierre et fait passer
un nuage sur sa figure réjouie, et ce n'est pas
sans inquiétude qu'il demande :

— Est-ce qu'on verra l'ogre ?

XIII

Pierre, qui sait déjà lire, lit toutes les enseignes de la rue et sa maman les lui explique.

— Comprends-tu, dit-elle, après une longue explication, ce que signifient ces mots : *Assurance sur la vie ?*

— Oui, maman, c'est un monsieur qui vient nous dire quel jour on va mourir.

XIV

— Il a très bien appris ce matin, me dit sa
maman au déjeuner. Tu peux l'interroger.
Voyons, Pierre, qu'est-ce qu'on appelle un
substantif?

— Oh! maman, dit Pierre, veux-tu pas
parler de ça à table!

Il applique une méthode personnelle à ses
études historiques. Il serre dans ses doigts
les feuillets d'un règne et, par leur épais-
seur, il voit tout de suite si ce roi de France
a duré longtemps.

Il éclate de rire parce que je lui dis que

la terre, la terre sur laquelle il marche est
ronde comme cette pomme.

Quelle farce !

— Quand je serai grand, dit-il, je n'écrirai
qu'avec des lettres majuscules.

Absorbé, il compte du bout des lèvres :

— Papa, papa, à ton idée, est-ce qu'il y a
cent mille cacas dans la voiture à vidanges ?

Il s'étonne qu'un verbe puisse avoir deux
compléments directs. On ne lui donne jamais,
à lui, deux joujoux ensemble.

Chaque fois qu'il fait la preuve d'une sous-
traction et qu'elle est juste, il n'en revient
pas.

Il voudrait inventer un chiffre que personne
ne connaisse, un chiffre au-delà des quatrillions.

Il n'a pas encore commencé le latin. Il n'a
commencé que le patois.

Il vient de lancer une flèche si haut, que cent mètres de plus, elle touchait le ciel.

Il dit à une dame décolletée : « Est-ce votre peau que vous avez là, ou un maillot de cirque? »

Brusquement il s'écrie : « Moi, je suis un adulte! moi, je suis un adulte! » Et il fait tournoyer sur sa tête son tomahawk en os de gigot.

XV

PIERRE, répète à satiété :

Un petit lac s'appelle étang ou mare, un petit lac s'appelle étangoumare, un petit lac.....

LA MAMAN

Bien, bien ; tu dois le savoir maintenant: Réponds : Comment s'appelle un petit lac?

PIERRE

Je ne sais pas.

XVI

LA MAMAN

Tu vas voir, papa, les progrès de Pierre.
Écoute, Pierre, je dis :
L'oiseau chante une chanson.

PIERRE

Oui, maman.

LA MAMAN

Quel est le verbe?

PIERRE

Le verbe, le verbe... le verbe, c'est *chante.*

LA MAMAN

Bien. Et quel est le sujet?

PIERRE, sans hésiter.

L'oiseau.

LE PAPA

Bravo! Bravo!

LA MAMAN qui triomphe.

Tu l'entends, papa? Très bien, mon Pierre chéri. En effet, qu'est-ce qui *chante?*

PIERRE

L'oiseau.

LA MAMAN

Naturellement. Donc *l'oiseau* est le...?

PIERRE, sans hésiter.

Le complément direct.

LA MAMAN, désolée.

Ah! le gros bête qui gâte tout!

LE PAPA

Dame, c'est ta faute. Pourquoi insistes-tu?

XVII

LA MAMAN, elle dicte.

... *Il se défendit avec le courage d'un lion,*
virgule...

PIERRE

Comment? rien qu'une virgule après le roi
des animaux?

PIERRE

Pourquoi, maman, que tous les employés qui crient les noms des gares se ressemblent?

LA MAMAN

Parce que c'est le même. Il fait le voyage avec nous, dans notre train.

PIERRE

Ah!... Ce chemin de fer qui s'en va, il est arrivé après le nôtre?

LA MAMAN

Oui.

PIERRE

Et il repart avant nous?

LA MAMAN

Dame ! tu vois.

PIERRE

Alors, ce n'est pas juste.

XIX

PIERRE

Ce soir, à quatre heures, je jouerai zavec Antoine.

LA MAMAN

On ne dit pas : je jouerai zavec Antoine, c'est au futur.

PIERRE

Oui, maman, je me trompais, ce n'est pas avec Antoine, c'est avec François que je jouerai.

XX

LA MAMAN

Tu ne veux plus me donner la main ?

PIERRE

Non, je suis trop grand. Ça pendrait.

XXI

Oh ! maman, dis-moi que j'en ai un ?

LA MAMAN

Un quoi ?

PIERRE

Un poil sous le bras.

LA MAMAN

Veux-tu te taire !

PIERRE

Oh ! dis, maman, je t'en supplie, rien qu'un !

XXII

PIERRE

Va, va, je sais bien qu'une maman n'achète
pas ses bébés.

LA MAMAN

Ah! et comment les trouve-t-elle, s'il te
plaît?

PIERRE, brandissant sa *Première Année d'Histoire*
Naturelle.

Va, va, je sais bien que tu fais des œufs.

Un petit garçon de la campagne lui a dit que Noël n'existait pas. Consultée, la maman n'ose plus mentir. Non, Noël n'existe pas.

Cette révélation le trouble peu. Il préfère que ce soit sa maman qui fasse Noël. Il a confiance en elle. Avec Noël, on ne savait jamais. Il ne croit donc plus à Noël devant nous

Il promet de ne rien dire à Berthe. Il fait mieux. Près d'elle, il recroit à Noël ; il lui dit seulement :

— Nous avons chacun notre Noël. Le tien est tout petit. Le mien a vingt-cinq ans, comme maman.

Puis, de nouveau, la foi tranquille de Berthe

le gagne. Il est d'autant moins fixé que le jour de Noël approche. La veille, il serait incapable de dire s'il croit encore à Noël ou s'il n'y croit plus, et qui des deux a raison, sa maman ou sa petite sœur.

XXIV

Il est passionné de chemins de fer. Je me marierai, disait-il, avec une locomotive. Il en a usé de toutes les formes. Ceux qui coûtaient trop cher, il les désirait tellement qu'il avait des coliques. Maintenant, les gros, les vrais le fascinent, et il en a peur. S'il ne cherche plus la clef qui les fait marcher, le rôle du mécanicien lui semble toujours inexplicable et terrible. Il n'approche d'une locomotive au repos que les doigts à la bouche et frémissant. Si elle siffle, il pâlit; et il ne peut se détacher d'elle.

Il a le courage d'attendre celle qui vient là-bas. Il se cramponne aux barrières. Il ferme les yeux, il doit fermer les oreilles. La

locomotive passe. Il est au ciel et dans l'enfer.

Puis il respire et regarde fuir le troupeau
des petites roues agiles et ronflantes. C'est
un train de marchandises qui n'en finit plus.
C'est peut-être le plus long de tous les trains
de marchandises du monde.

Pierre essaie de compter les wagons. Il s'y
perd et il aime mieux seulement les voir, les
voir tous et les voir un à un.

Et, quand c'est fini, il soupire :

— Eh ben! vrai, il en avait envie, celui-là!

XXV

Le Radeau.

Pierre qui prend racine sur la plage, a mis
son costume neuf et des bottines vernies. Il
regarde un radeau balancé par la mer ; il en
suit des yeux l'ondulation légère, et se dit :

— Voilà où je m'amuserais comme un roi.

Mais le radeau est trop loin, la mer trop
profonde, et Pierre, inutilement, quitterait
ses belles bottines, retrousserait sa culotte
qu'il ne faut pas mouiller.

L'œil captif du radeau, comme un hanne-
ton au bout d'un fil, il refuse de s'en aller. Il
fait la moue, s'exaspère, et s'il retient ses
larmes, c'est à cause de la solitude, où personne ne le verrait pleurer.

Il ne peut que désirer de toutes ses forces et attendre.

Longtemps rien n'arrive.

Puis la mer cède la première, vague, par vague, comme une couverture que tirent les doigts crispés d'un malade. Aussitôt la terre offre un sable humide, doux au pied, et vite séché par le feu du soleil, afin que les bottines restent propres.

Le vent même se retourne et, d'une haleine brusque, rapproche le radeau du bord.

Et les quatre éléments s'étant unis pour satisfaire son caprice, Pierre saute sur le radeau, qui développe toute sa chaîne vers l'inconnu.

BERTHE

I

Elle a cinq ans et elle est tellement grasse, grasse à lard, qu'elle ne pourrait pas boire dans une ornière sans se crotter les joues.

Elle a une mine de dragée rose et le ventre rond comme un globe de lampe.

Ce soir elle rêve et grogne dans son lit. Sa maman va la chercher et la garde un peu, près d'elle, dans le grand lit.

BERTHE

A quoi ça sert, les rêves, à faire pleurer les petites filles ?

LA MAMAN

Ça ne sert à rien, ma fille. Les choses qu'on rêve n'existent pas.

BERTHE

Si ça ne sert à rien, pourquoi que je ne
rêve pas toujours des choses agréables ?

LA MAMAN

Parce que tu te couches sur le dos. Console-
toi vite, et je te remettrai dans ton lit, sur le
côté.

BERTHE

J'aime mieux rester là. Au bord de toi, ça
m'est égal de rêver.

LA MAMAN

Mais tu me gênes.

BERTHE

Je dormirai bien sage.

LA MAMAN

Non, non, il n'y a pas assez de place, et si
tu restes dans le grand lit, il faudra que j'aille
dans le tien.

BERTHE, pelotonnée.

N'y va pas, n'y va pas! C'est plein de
rêves.

LA MAMAN

Tu es trop grande pour coucher avec papa...

BERTHE

Mais, maman, tu es plus grande que moi. Je suis toute petite. Est-ce que je suis plus petite qu'un petit four? Je crois que mes pieds commencent à grossir, mais ils sont encore trop petits. Des fois, j'ai des fourmis dedans, des petites fourmis, bien entendu. En sortirant de le bain...

LA MAMAN

En sortant du bain...

BERTHE

...ils fument comme des petits pains chauds.

Est-ce qu'il y a des petites filles qui rapetis-
sent au lieu de grandir?

LA MAMAN

Tu voudrais rapetisser?

BERTHE

Je voudrais être assez petite pour habiter
dans l'oseille.

III

Plusieurs soirs de suite, Berthe, avant d'aller au lit, cache un morceau de papier sous la table, et le lendemain elle n'en revient pas qu'il n'y soit plus. Et elle a beau varier ses cachettes, le papier disparaît toujours.

— C'est un peu fort, dit-elle à sa maman, pourquoi que je ne retrouve jamais mon papier?

— Parce que, ma fille, on balaie la salle à manger chaque matin.

IV

BERTHE

Cette nuit, maman, que je ne dormais pas,
je t'ai écoutée dormir. Tu ronflais.

LA MAMAN

Que dis-tu là? jamais je ne ronfle.

BERTHE

Oh! maman..., tu ronflais, je te le ga-
rantis.

LA MAMAN

Non, ma fille.

BERTHE

Alors, tu dormais à fond de train.

V

BERTHE

Est-ce qu'une tante vaut mieux qu'une maman?

LA MAMAN

Aucune tante ne vaut une maman.

BERTHE, elle s'éloigne, réfléchit et revient.

Mais mille tantes, est-ce que ça vaut une maman?

LA MAMAN

Ni mille, ni cent mille. Personne, rien ne vaut une maman.

BERTHE

Fichtre, madame!

VI

LA MAMAN

Quoi, cela ne te ferait rien, si j'étais morte?

BERTHE

Non, si tu n'étais pas morte longtemps.

LA MAMAN

Tu serais contente, si je restais morte quelques jours?

BERTHE

Oh! un jour seulement. Je voudrais voir comme c'est pour une petite fille, quand elle n'a plus de maman.

VII

LA MAMAN

Vite, Berthe, avale, avale!

BERTHE

Comment veux-tu, ma pauvre vieille, que
je boive ton huile de foie de mor   si tu fais
la grimace rien qu'en me tendant la cuiller?

VIII

LA MAMAN

Dépêche-toi. Tu n'en finis plus de te barbouiller avec ton os de lièvre.

BERTHE

Ma foi, il est trop difficile. Je ne comprends
rien à cet os-là.

PIERRE

Passe-le moi, pour que je voie à mon tour
si j'y comprendrais quelque chose.

IX

BERTHE

Veux-tu, s'il te plaît, dire à tes invités, ce soir, quand je serai couchée, de ne pas manger tous les petits fours?

LA MAMAN

Berthe la gourmande! je vais aller chercher une autre petite fille.

BERTHE

Va donc!

LA MAMAN

Tu ne m'aimes plus? Tu aimes mieux ton papa que moi?

LE PAPA

Elle nous aime tous deux autant l'un que l'autre, n'est-ce pas, Berthe?

BERTHE

Il faut bien.

X

LA MAMAN

Berthe, pourquoi ne veux-tu pas ouvrir la porte, quand on frappe, pourquoi te sauves-tu?

BERTHE

Parce que j'ai peur.

LA MAMAN

De quoi?

BERTHE

De quelque chose.

LA MAMAN

De quoi? d'un voleur?

BERTHE

Oh! non, pas d'un voleur.

LA MAMAN

D'un loup?

BERTHE

Oh! non, pas d'un loup.

LA MAMAM

Mais de quoi?

BERTHE

De quelque chose.

XI

LA MAMAN

Regarde sur la gouttière ce petit oiseau
qui grelotte et qui a faim.

BERTHE

Veux-tu que je l'invite à dîner?...

Oh! la lune!... (*silence et rêverie*) comme
elle sait bien se tenir en l'air!

XII

BERTHE

Écoute, papa, que je te dise quelque chose tout en bas de l'oreille. Aujourd'hui, c'est moi qui te fais cuire ton œuf sur le plat. Je couperai le morceau de beurre avec ma main. Je suis sûr que je n'aurai pas peur en cassant l'œuf et que je ne l'écrabouillerai pas, comme hier. Et tant pis si je me brûle, je ne pleurerai pas. Mais ce ne sera pas de ma faute si je mets trop de sel et trop de poivre et il ne faudra pas me gronder si le jaune n'est pas bien au milieu.

XIII

BERTHE

Maman, le robinet coule trop fort. Arrête-le.

LA MAMAN

Comme ça?

BERTHE

Non, il ne coule plus assez fort.

LA MAMAN

Comme ça? Explique-toi au lieu de trépi-
gner.

BERTHE

Je veux qu'il coule sans faire de plis.

XIV

Berthe absorbée tourne sa cuiller dans sa tasse de tilleul et elle regarde au fond de la tasse.

— Ne faites pas de bruit, dit-elle, mon sucre est en train de s'évanouir.

— Oh ! dit-elle, il pousse des petites bulles.

. Et elle tourne de plus en plus lentement la cuiller :

— Ah ! dit-elle enfin, mon sucre est mort !

XV

LA MAMAN

Tiens-toi tranquille! tu remues comme un panier de rats. Ne frotte pas tes mains sur ma manche pour voir si elles sont propres. Je ne veux pas de ton baiser au jus de carottes. N'enlève pas l'étiquette de la bouteille. Ne mets pas ton rond de serviette sur ta tête.

BERTHE

C'est pour faire la reine.

LA MAMAN

Je te dis d'essuyer ton couteau sur ta serviette et non de l'aiguiser. Tu as six prunes : il me faut six noyaux. Je t'ai déjà dit qu'on ne prenait pas ses confitures avec les doigts.

BERTHE

Je croyais que c'était un os.

LA MAMAN

Tu fais des escargots de confitures sur ta
serviette.

BERTHE

Une autre fois, je demanderai une tartine
de pain sec.

LA MAMAN

Mouche-toi.

BERTHE

Attends que je cherche mon mouchoir,
comme le dada au cirque,

LA MAMAN

Ne jette pas tes graines de raisin, on glisse
dessus.

BERTHE

Est-ce que c'est de l'huile de foie de morue
qu'il y a dans les graines de raisin ?

LA MAMAN

C'est du vin.

BERTHE

Alors je peux faire le pressoir. (*Elle enfonce*

une graine au creux de sa joue, et du bout
du doigt elle l'écrase contre ses dents.)

LA MAMAN

Oh! tu n'as pas touché à ton pain.

BERTHE

Tiens, c'est vrai, je ne l'avais pas vu, mon
morceau de pain.

LA MAMAN

Il faut sucer ta dragée et non l'avaler.

BERTHE

Oui, maman. Ah! j'ai manqué. Donne-m'en
une autre.

LA MAMAN

Plie mieux ta serviette.

BERTHE

Et comme ça, est-elle encore trop maigre?

XVI

BERTHE

Maman, je n'aime pas la soupe aux lentilles : c'est de la soupe de charbonnier. Je n'aime pas non plus les haricots blancs. Je n'aime que les haricots de Pâques.

LA MAMAN

Les haricots rouges. Mange donc ta côtelette.

BERTHE

Il faut bien que je fasse une tour Eiffel ! Toi, la belle pomme de terre dorée, tu vas aller dans mon ventre. J'aime aussi les asperges, parce qu'elles font sentir mauvais. Mais, au vinaigre, elles sont mieux mangeables qu'à la sauce blanche.

LA MAMAN

Si tu savais seulement par quel bout les prendre! Tu te trompes toujours de côté.

BERTHE

(*Vexée, elle se tait jusqu'au biscuit*).—Pan! voilà que je me trompe aussi de côté pour mon biscuit! (*Elle essuie avec sa serviette la moitié du biscuit qu'elle vient de baigner, et elle baigne l'autre moitié*).

LA MAMAN

Là donc! renverse ta timbale. Encore une nappe perdue. Veux-tu ne pas te pencher sous la table!

BERTHE

Maman, j'écoute si le vin est arrivé par terre.

XVII

LA MAMAN

Ne touche pas à ça !

BERTHE

C'est du papier.

LA MAMAN

C'est un billet de cent francs.

BERTHE

Ça ? Ah !

LA MAMAN

Oui, ça, c'est de l'argent.

BERTHE, elle écoute par la bouche.

Oh !

LA MAMAN

Des sous, si tu aimes mieux. C'est beaucoup de sous.

BERTHE, haussant les épaules.

Des drôles de sous.

XVIII

Berthe a pris l'habitude bizarre de placer, devant certains mots, ce mot de son invention,
cata, et elle dit : « Donne-moi du *cata*-beurre.
sur du *cata*-pain. Je te prie de ne pas me *cata*-
piquer avec le *cata*-peigne. »

XIX

Ramage de Berthe:

— Maman, veux-tu que je prenne, avec mes doigts, par la peau du cou, un pruneau cuit?

— Maman, j'ai de l'étoffe de pruneau collée à mon palais.

— Veux-tu que je tire la queue du rat qui est dans la bougie?

— Est-ce que mon lapin a autant de poils que le chapeau de M. le curé?

— Veux-tu que je me promène dans ma grande chemise de nuit, comme M. le curé dans son cache-misère?

— Pourquoi que le Bon Dieu a toujours un torchon sur le ventre?

— Veux-tu que je crève l'édredon, pour faire envoler des mouches blanches?

— Pourquoi que le pain nage sur l'eau, comme les poissons?

— Pourquoi que les poissons n'ont pas de bottines?

— Pourquoi que leurs arêtes ne les piquent pas?

— Est-ce que la mer méditerranée a des enfants?

— Est-ce que les vapeurs de la mer, qui montent au ciel pour faire les nuages, prennent le funiculaire?

— Quelle punition qu'on donne au brouillard, quand il se dissipe?

— Est-ce que notre chat est venu au monde à pied? pourquoi qu'il ne quitte jamais ses mitaines?

— Boutonne ma chemise, maman, parce que si un voleur venait, il me biserait mes nénés.

— Veux-tu que je me fasse une chaîne de montre en épingles anglaises?

— Gratte-moi ma puce, je te ficherai la paix
ensuite.

— Si tu me prêtes du sent-bon, je te dirai
les cinq parties du monde.

— Qu'est-ce qu'on apprend à l'école buis-
sonnière?

— Il y a deux sortes de lettres, les voyelles
et les Dickson.

— Pourquoi que la lettre Q a une cravate?

— Est-ce que le double-blanc des dominos
a mal au cœur?

— Mais maman, si tu écoutais, gros monde,
quand je te parle. Pourquoi que tu ne réponds
plus rien et que tu fais les gros yeux? Est-ce
que tu penses à des orangs-outangs? L'autre
avant-hier, j'ai vu un singe. C'est un petit
garçon qui veut toujours chiper quelque chose
et qui s'enrhume par derrière. Mais l'ogre
n'existe pas. On le chante seulement. Tu as
perdu ta langue? Tu dors, créature? Ah!
madame n'est pas contente! madame boude!
madame fait sa princesse! Une, deux, trois,
ma poupée, pleurons! Et si ça gêne madame,
qu'elle aille se plaindre au duc de Bourbon!

XX

Berthe s'imagine que savoir lire, c'est tenir un livre ouvert et promener ses yeux sur la page, en parlant tout haut. Elle improvise ou elle répète des histoires. Elle *lit* avec lenteur et régularité, sépare les syllabes, appuie, ne nous regarde qu'en dessous, remue la tête à droite et à gauche, et quand elle juge qu'elle a eu le temps de *lire* une page, elle la tourne, et chacun lui dit :

— Comme tu lis bien !

— Il faut maintenant, lui dis-je, que tu apprennes tes lettres.

— Oui, dit Berthe.

Et elle s'imagine encore qu'écrire, c'est barbouiller, avec une plume, des feuilles

16

de papier blanc, et tout le monde lui dit :

— Comme tu écris bien !

— Il faut maintenant, lui dis-je, que tu apprennes à faire des bâtons.

— Des bâtons sur mesure, oui, dit Berthe raisonnable.

Et si vous lui demandez :

— Mademoiselle Berthe, savez-vous lire et écrire ?

Elle vous dira :

— Oh ! il y a longtemps que je sais lire et écrire, et je vas maintenant apprendre mes lettres et mes bâtons.

XXI

L'HOMME DU MONDE

Bonjour, mademoiselle Berthe.

BERTHE

Bonjour, monsieur. Mais moi, je n'ai pas de chapeau et je ne peux pas ôter mes cheveux pour vous saluer.

L'HOMME DU MONDE.

Mademoiselle Berthe, voulez-vous me permettre de vous présenter mes hommages?

BERTHE, tendant la main.

Oui, monsieur, donnez.

L'HOMME DU MONDE

Voulez-vous m'embrasser, mademoiselle Berthe?

BERTHE

Je veux bien (*puis elle réfléchit et appelle Pierre*), viens avec moi, embrasser le monsieur, parce que j'ai peur de son nez. (*Mais elle réfléchit de nouveau, et décidément elle n'y va pas.*)

LA MAMAN

Pourquoi refuses-tu d'embrasser le monsieur?

BERTHE

Parce que je le trouve verdâtre et limoneux.

XXII

LA MAMAN

Berthe, embrasse-moi comme tu m'aimes.

BERTHE

Comme ça?

LA MAMAN

Plus fort! Plus fort!

BERTHE

Tu veux donc un gros, gros bibi qui ne pourrait pas passer dans un rond de serviette!

16.

XXIII

Berthe a mis un chapeau et une voilette de sa maman, elle se fait une visite dans la glace et elle se dit :

— Oh! madame, c'est horrible! imaginez qu'un de mes enfants a des pets-de-nonne autour du cou.

— Comment! madame, des pets-de-nonne? se répond Berthe, vous voulez dire des mandarines?

— Pardon, madame, je dis des pets-de-nonne. Quand on les perce, il ne sort rien. Si c'était des mandarines, il sortirait au moins des petits noyaux. Donc, croyez-moi, madame, c'est bel et bien des pets-de-nonne que mon malheureux enfant a autour du cou.

XXIV

BERTHE

C'est très vilain de dire ces mots-là, n'est-ce pas, maman?

LA MAMAN

Quels mots?

BERTHE

Une petite fille bien élevée ne doit jamais les dire, n'est-ce pas, maman?

LA MAMAN

Lesquels, ma fille?

BERTHE

Chameau, cochon, gueule, bougre et tu m'embêtes.

XXV

BERTHE

BERTHE

*Dans un coin du cabinet de toilette, elle bougonne.
Elle a l'air d'un mauvais ange sur le pot. Elle ressemble
aussi, le pot collant à ses fesses, à un escargot tout
sorti de sa maison.*

Je n'ai pas envie !

LA MAMAN

Si, si, ma fille, pousse. J'y tiens. Inutile
de t'entêter. Je ne cèderai pas. Nous reste-
rons ici jusqu'à demain, s'il le faut. (*Silence
prolongé.*)

BERTHE, *subitement elle se dresse et triomphe.*

J'ai fini, maman. Il vient de venir ! Il vient
de venir !

LA MAMAN

Tant mieux, ma fille, tu vois que j'avais raison. Est-il beau ?

BERTHE

Superbe !... Je crois qu'il a un chapeau de paille.

XXV

Comme tu es sage !

BERTHE

Oui, je sens que Noël travaille à mon joujou.

Chaque matin, à son réveil, elle dit : « Noël !
c'est dans dix jours, dans neuf jours, dans
huit jours... » Ce matin, elle dit : « Noël !
c'est dans zéro jours. »

BERTHE, au désespoir..., elle vient de repasser,
sur son catalogue, les joujoux qu'elle désire.

Jamais, jamais Noël ne voudra m'apporter
les trois choses que je lui demande.

LA MAMAN

Lesquelles?

BERTHE

Jamais il ne voudra.

LA MAMAN

Dis tout de même.

BERTHE

Ce n'est pas la peine que je les dise, puisque jamais il ne voudra me les apporter.

XXVII

BERTHE

C'est aujourd'hui que je me marie.

PIERRE

Je veux bien être ton mari.

BERTHE

. Non, pas toi, tu ne me donnerais pas assez d'enfants! Imagine que je me suis commandé au Terminus un mari, pour quatre heures précises, et qu'il n'est pas encore venu. Attache-moi ce chiffon derrière; c'est la queue de ma robe de mariée.

PIERRE

Une jolie queue! un chiffon tout sale!

BERTHE

Oh! je ne fais pas un beau mariage.

XXVIII

Tu sais, Pierre, dit tout à coup Berthe, je crois que le Bon Dieu ne voudra pas nous conserver notre papa et notre maman.

A cette idée, Pierre se met à pleurer. Aussitôt Berthe, qui croit qu'elle a dit la vérité sans le savoir, fond en larmes et quatre petits ruisseaux coulent qu'on ne peut plus arrêter.

XXIX

BERTHE

Il va loin, maman, le trou des oreilles?

LA MAMAN

Il traverse la tête, excepté celle des sourds.
Comme tu es pressée de sortir!

BERTHE

Ce n'est pas moi. C'est ma belle robe.

LA MAMAN

As-tu froid?

BERTHE

Ça dépend. Qu'est-ce que tu me mettrais?
Si tu veux me mettre mon manteau neuf, j'ai
froid. Quand on a froid on a la chair de poule,

des petits tas de sable sur la peau. Tiens !
pourquoi que je ne me vois plus dans la glace ?

LA MAMAN

Sotte ! parce que tu fermes les yeux. Prends
garde, tu te gantes mal.

BERTHE

Je fourre deux doigts dans la même guérite.
Ce gant-là n'est pas aussi pareil que l'autre.

LA MAMAN

Pourquoi fais-tu la moue ? Il te déplaît, ce
manchon de chèvre de Mongolie ?

BERTHE

Il n'a pas de cornes.

LA MAMAN

Laisse donc cette brosse !

BERTHE

Je cherche ses poux.

XXX

Berthe ne prête jamais sa poupée ; elle va-
rie seulement ses façons de la refuser. Elle
dit à une petite fille :

— Mademoiselle, ma poupée a la rougeole,
et ça s'attrape.

Et elle dit à une grande personne :

— Moi, madame, je vous prêterais bien ma
poupée ; c'est elle qui me le défend, parce
qu'elle n'aime pas aller dans le monde.

XXXI

LA MAMAN

Berthe, laisse ta poupée à la maison. Elle est trop lourde et tu me la donnes tout de suite à porter.

BERTHE

Il faut alors que je lui dise que nous ne pouvons la sortir à cause du mauvais temps, et, comme elle n'est pas si bête, je jette-rai par la fenêtre de l'eau sur le trottoir, pour lui faire croire qu'il pleut.

XXXII

BERTHE

Maman, allons nous promener sur le boulevard Persil.

LA MAMAN

Qu'appelles-tu le boulevard Persil? est-ce le boulevard?... (*elle nomme plusieurs boulevards*).

BERTHE

Malesherbes! oui, c'est le boulevard Malesherbes que je voulais dire. Je savais bien qu'il y avait de l'herbe dedans.

XXXIII

Comme Berthe courait sur le trottoir, un chien s'est élancé d'une porte.

— J'ai eu tellement peur, dit-elle, que je me suis précipitée de m'arrêter.

XXXIV

BERTHE

Maman, voilà un monsieur qui a un ventre dans le dos.

LA MAMAN

C'est un bossu.

BERTHE

Et voilà un autre monsieur qui n'a pas de jambes et qui marche sur sa culotte, dans les cailloux.

LA MAMAN

C'est un cul-de-jatte, ma fille.

BERTHE

Merci, s'il te plaît. Et pourquoi que les soldats se disent bonjour?

LA MAMAN

Ils y sont obligés, chaque fois qu'ils se rencontrent.

BERTHE

Comme les chiens!...

LA MAMAN

Tu as toujours ta toupie?

BERTHE

Il y a lontemps que je l'ai toujours.

XXXV

Elle « toupite » sur le trottoir, et un coup de fouet malheureux jette la toupie dans les jambes d'un bonhomme qui pousse une petite pelle de fer au creux d'un rail de tramway.

Berthe pétrifiée voit l'homme se baisser vivement, ramasser la toupie et la mettre dans sa poche.

— Maman, maman, crie-t-elle, l'homme me prend ma toupie.

Mais l'homme n'a l'air de rien.

— Vous n'avez pas vu la toupie de ma pétite fille? dit la maman.

— Pas vu, répond sèchement l'homme qui pousse sa pelle un peu plus vite.

— Si, si, il me l'a prise, dit Berthe trépignant.

Le boulevard est désert. Point de sergent de ville, et l'homme s'éloigne, sur le rail, le nez bas.

— Viens, que je t'achète une autre toupie, dit la maman.

Mais la neuve ne remplace pas l'ancienne.

Berthe pleure d'indignation. Le soir, à table, on ne parle que du drame. Aucun doute : l'homme a volé la toupie.

— C'est un pauvre homme, dit la maman à Berthe. Il n'a pas de quoi acheter des toupies pour sa petite fille. Il lui apporte celles qu'il trouve dans la rue.

Mais Berthe ne pardonne pas. Pour qu'elle se calme, il faut qu'on la couche, et de son lit elle s'écrie encore :

— Si j'avais eu une bouteille de benzine, je lui aurais flanqué toute la bouteille à la figure.

XXXVI

BERTHE

Écoute, papa, il y avait ce soir, aux Champs-Élysées, une pauvre femme qui ne voulait pas laisser sa petite fille monter sur les chevaux de bois. Et la petite fille demandait pourquoi. Et la pauvre femme disait :

— Parce que ça te ferait mal au cœur.

— Mais, maman, répondait la petite fille, regarde toutes ces petites filles sur les chevaux de bois. Elles n'ont pas mal au cœur.

— Si.

— Elles ont toutes mal au cœur?

— Oui, toutes.

— Pourquoi leurs mamans les laissent-elles monter sur les chevaux de bois?

— Parce qu'elles n'ont pas été sages. C'est pour les punir.

— Oh! alors, je ne veux pas que tu m'y laisses monter, disait la petite fille.

Et sais-tu, papa, ce qui est arrivé ensuite? Ma maman, à moi, qui avait entendu, a donné deux sous à la petite fille, et aussitôt sa maman, à elle, l'a laissée monter sur les chevaux de bois. Preuve que tout à l'heure cette pauvre femme mentait.

XXXVII

LA MAMAN

Berthe, prends donc garde, tu bouscules les petites filles !

BERTHE

Maman, je le fais exprès.

LA MAMAN

Tu fais exprès de cogner des petites filles qui ne te disent rien ?

BERTHE

Oui, maman. Je les cogne pour les saluer après et montrer comme je suis polie en leur disant : « Oh ! pardon, mademoiselle ! »

XXXVIII

Tandis que la maman paie le cocher, Berthe regarde le cheval qui a chaud et qui fume. — Comme il est bien cuit, dit-elle !

XXXIX

Pierre et Berthe voiturent un tonneau de vin.

C'est Pierre le cocher et Berthe fait le tonneau.

— Hue! dit Pierre.

Mais Berthe n'avance pas.

— Hue donc! dit Pierre.

— D'abord est-ce que j'ai du vin, demande Berthe, est-ce que je suis vide? Il faut le dire.

XL

PIERRE
L'éléphant est manchot.

BERTHE
Le perce-oreille a au bout de la queue une petite fourchette pour déjeuner... l'autruche vole.

PIERRE
Non.

BERTHE
Si.

PIERRE
Mais non. Je sais peut-être mon histoire naturelle mieux que toi.

BERTHE
Et moi, je te dis que l'autruche vole, quand elle n'a pas sa petite voiture.

XLI

BERTHE

Jouons au chat et à la souris.

PIERRE

Je veux bien. (*Aussitôt il fait ftt! ftt! et s'élance sur Berthe.*)

BERTHE

Mais tu te trompes, c'est moi le chat.

PIERRE

Alors, dimanche ce sera mon tour d'avoir la queue du gigot.

XLII

BERTHE

Cette petite bête-là, c'est un catalogue.

PIERRE

Un cloporte.

BERTHE

Et ça, un cure-oreille?

PIERRE

Un écureuil.

BERTHE

Avec quoi fait-on le pain?

PIERRE

Avec de la mie et de la croûte.

BERTHE

Qu'est-ce que les poules ont sur la tête ?

PIERRE

C'est leur cervelle qui sort... Je parie que tu ne sais pas ce qui vient après les quatrillions ?

BERTHE

Tu m'ennuies, les oignons... Tiens, une vieille pantoufle !

PIERRE

C'est une bouse de vache cuite au soleil.

BERTHE

Ah ! je croyais que c'était une vieille pantoufle, et je cherchais l'autre... pourquoi qu'il y a des gens qui se pendent ?

PIERRE

Pour se faire sécher... As-tu remarqué que papa et maman se parlent quelquefois comme des petits oiseaux.

BERTHE

Oui... quinze et sept, vingt ; vingt et dix, quarante-deux ; quarante-deux et...

PIERRE

Comme tu comptes mal, ma pauvre Berthe !

BERTHE

D'abord, tu ne peux pas savoir. Je compte en anglais.

XLIII

Berthe fait gravement des pâtés de sable aux Tuileries :

— Maman, dit-elle, est-ce qu'on peut faire des pâtés avec la poussière des morts?

XLIV

Pierre et Berthe reviennent tout chauds du cirque.

BERTHE

Oh! papa, il faisait un monde dans ce cirque, tu n'en as pas idée. Si tu avais vu le petit nain, tu te serais tordu. Est-ce que les clowns sont vivants?

PIERRE

Pourquoi se mettent-ils de la gribouillade sur la figure?

BERTHE

Je sais maintenant tenir un éventail, il faut faire voir le beau côté au monde.

PIERRE

Ce n'est pas un bon métier que celui de cheval : il doit courir tout le temps.

BERTHE

Le cheval avait un jupon de soie comme maman. La belle dame sautait dessus et le cheval ne s'occupait même pas des rubans.

PIERRE

Il faut qu'il soit bien habitué.

BERTHE

Il y a un cheval qui s'est piqué dans un autre.

PIERRE

Chocolat m'a regardé !

BERTHE

Je veux me marier avec Chocolat.

PIERRE

Il ne voudra pas de toi.

BERTHE

Mais moi je voudrai de lui.

PIERRE

C'est défendu à une blanche de se marier avec un noir. Les gens de la rue diraient : vous voyez cette petite fille, c'est la femme d'un nègre.

BERTHE

Ça m'est égal, puisque je l'aime.

PIERRE

Pourquoi l'aimes-tu plutôt que Footitt ?

BERTHE

Parce qu'il n'a pas de perruque : je l'aime, je l'aime.

PIERRE

) Lui ne t'aime pas.

BERTHE

Pourquoi ?

PIERRE

Parce qu'il ne te connaît pas.

BERTHE

Moi, je le connais. Je lui dirai mon nom. Je lui dirai « Monsieur Chocolat, je m'appelle Berthe. » Alors il me connaîtra, et il m'aimera.

PIERRE

Tu te le figures, tu te trompes.

BERTHE

Il m'aime déjà, puisqu'il m'a donné des chocolats.

PIERRE

Chocolat t'a donné des chocolats parce que tu étais au cirque. Il en donne à tout le monde. Mais s'il te rencontrait toute seule

dans la rue, il ne te donnerait pas de chocolats.

BERTHE

Pourquoi? Il est très gentil.

PIERRE

Au cirque, oui, mais pas en ville. En ville,
un nègre est toujours méchant.

BERTHE

Enfin, moi j'aime Chocolat.

PIERRE

Gourmande !

BERTHE

Ah! tu me traites de gourmande! tu crois
donc que je veux le manger comme un chocolat ?

PIERRE

Tu m'ennuies avec ton Chocolat.

BERTHE

Et toi, tu m'ennuies avec ton Footitt. Je
voudrais que Footitt n'existe pas.

PIERRE

Un jour Chocolat sera mort aussi.

BERTHE

Alors j'aimerai son tombeau... Et toi,

papa, lequel que tu préfères de tous les ac-
teurs du cirque.

LE PAPA

Chocolat, ma fille, Chocolat sûrement.

BERTHE, modeste et rouge de plaisir.

Je crois que tu as raison.

XLV

Berthe, il ne faut jamais rester seule sur la route, à la campagne.

BERTHE

Je ne suis pas sur la route, je suis sur le trottoir d'herbe.

LA MAMAN

Il ne faut pas rester même sur le trottoir d'herbe, à cause des bœufs qui peuvent passer.

BERTHE

Tu peux être tranquille, ma vieille, je rentrerai vite à la maison, si je vois venir un gros bœuf, ou quelque autre bête cruelle.

XLVI

Berthe avait un petit chat qui toussait tant qu'il est mort. On lui en donne un autre, et voilà qu'il se met encore à tousser.

— C'est peut-être le même, dit Berthe.

XLVII

Elle observe, par terre, deux insectes accouplés.

— Regardez, dit-elle, une petite bête qui en mange une autre !

Elle dit d'une mouche : « Oh ! celle-là n'est pas dangereuse ; elle ne ferait qu'une piqûre immortelle. »

Et elle dit d'une grosse marguerite au cœur jaune, aux pétales rouges : « Elle ressemble à un petit cirque. »

Elle mâche des graines, pour qu'il lui pousse des fleurs au dedans d'elle.

Elle connaît presque toutes les couleurs.

Elle dit : « C'est blanc, c'est rouge, vert, » et quand elle ne connaît pas, elle dit : « c'est sale. »

Elle a entendu dire un jour que le ciel était moutonneux, que les nuages du ciel ressemblaient à des moutons. Elle a retenu le mot, et pour n'avoir pas l'air de répéter les mots des autres, elle dit négligemment :

— Ce soir on dirait qu'il y a des cochons au ciel.

Elle reprend Pierre qui dit que cette pomme tombée était pendue au mur. « Les pommes ne sont pas pendues au mur, dit-elle. Elles sont pendues aux feuilles. »

XLVIII

BERTHE

Et qu'est-ce que je vois tout à coup? je vois une guêpe qui sort de ma manche.

LA MAMAN

Que faisait-elle là, mon Dieu?

BERTHE

Elle était sans doute en train de se régaler avec mon joli petit bras.

XLIX

Penchée au bord de la rivière, sa manche relevée jusqu'au genou de son bras, Berthe trempe dans l'eau sa petite main caressante et dit :

— Je fais couler plus vite la rivière.

L

Berthe se hausse sur la pointe des pieds contre le mur de l'école et réussit à glisser une lettre dans la boîte.

Puis elle attend.

— Crois-tu, me dit-elle enfin, que la lettre est déjà un petit peu loin?

LI

BERTHE

Est-ce que le jardinier pourrait me faire une poupée ?

LA MAMAN

Non, ma fille, c'est trop difficile.

BERTHE

Pourquoi, puisqu'il sait planter des carottes qui se tiennent droites !

LII

LA MAMAN

Fais donc attention, Berthe, tu écosses mal tes petits pois, tu en laisses tomber la moitié par terre.

BERTHE

Ce n'est pas de ma faute. Quand j'ouvre leur petite cabine, ils sautent de joie.

LIII

BERTHE

Et ça, c'est une route nationale?

LA MAMAN

Celle où nous marchons, oui.

BERTHE

J'aime mieux les routes nationales que les petites routes.

LA MAMAN

Ah!

BERTHE

Parce qu'au moins il y a de la place pour cracher.

19

LIV

LA MAMAN, elle se promène avec Berthe dans les allées du jardin.

Oh ! qu'est-ce qui peut bien manger comme ça les feuilles de nos choux ?

BERTHE

Ah ! maman, cette fois, je te jure que ce n'est pas moi... Veux-tu que nous cherchions s'il y a un chou dans une position intéressante ?

LV

LA MAMAN, elle raconte au papa.

J'en suis encore pâle. Il y avait une couleuvre au milieu du chemin. Elle était roulée comme un fouet. Elle a filé quand je l'ai vue.

BERTHE

Moi aussi, je l'ai vue.

LA MAMAN

Ah! non, j'étais entre la couleuvre et toi et je te l'ai cachée. Tu aurais eu trop peur. Tu aurais crié comme un petit porc qu'on met dans le train. Tu n'as rien vu.

BERTHE

Si, maman.

LA MAMAN

Non, Berthe.

BERTHE

Puisqu'elle était roulée comme un fouet,
je l'ai bien vue.

LA MAMAN

Berthe !

BERTHE

Je t'assure que j'ai vu quelque chose. Je ne
sais pas si j'ai vu la couleuvre. Mais, en tout
cas, j'ai vu le manche.

LVI

Elle n'ose pas aller revoir la couleuvre morte, et elle veut y envoyer une petite fille, et elle lui dit :

— La bonne va vous accompagner. N'ayez pas peur, la couleuvre est morte.

— Venez avec nous, dit la petite fille.

— Non, pas moi, dit Berthe. Si j'y allais, la couleuvre serait capable d'être encore vivante.

LVII

LA MAMAN

Tu t'amuses, Berthe?

BERTHE, mélancolique,

Oh ! pas guère.

LA MAMAN

Que fais-tu ?

BERTHE

Je réfléchis quelque chose.

LA MAMAN

A quoi joues-tu toute seule ?

BERTHE

A m'ennuyer.

LA MAMAN

Ne mets pas ça à ta bouche, c'est du poi-
son qui te ferait mourir.

BERTHE

Oh ! moi, je ne tiens pas à la vie.

LVIII

Berthe, si fraîche et si jolie qu'on en man-
gerait, est assise par terre à côté de sa
maman et elle coud comme une grande dame.
Elle coud de la vraie toile avec une vraie
aiguille et du vrai fil. Elle pousse l'aiguille
dans la toile, et le fil passe et repasse tout
entier, et elle ne veut jamais que la maman
noue le fil.

— Comment veux-tu que je couse, s'il y a
un nœud ? dit-elle.

— Moi, je fais un nœud, dit la maman.

Et comme il serait long d'expliquer pourquoi, elle ajoute :

— Chacun ses habitudes. Les uns préférent coudre sans nœud, les autres avec un nœud.

— Avec un nœud on coud mal, dit nettement Berthe.

Et comme elle lève les yeux pour voir si on la regarde, elle se pique un peu. Elle l'a senti à peine.

Va-t-elle pleurer? va-t-elle rire?

Cela dépend d'un rien, d'un geste de sa mère.

Elle ne sait plus. Elle s'informe :

— Elle est méchante, l'aiguille, dis, maman?

— Mais non, ma chérie, elle est gentille, au contraire. Tu vois bien qu'elle veut jouer. Elle cogne à la porte de ton doigt. Elle demande poliment : « Peut-on entrer? » Et il faut que tu lui répondes, gracieuse et d'une voix douce : « Entrez, mignonne ! »

— Ah ! que c'est drôle ! dit Berthe qui se décide à rire de bon cœur.

Puis elle se remet à l'ouvrage, elle coud d'un air travailleur et elle attend que de nouvau l'aiguille la pique, et dès qu'elle sent quelque chose :

19.

— Entrez, mignonne ! dit-elle.

— Bravo, dit la maman, de cette manière il n'y a aucun danger.

Berthe éclate de rire. Elle s'amuse beaucoup. Elle s'amuse même trop et devient imprudente. Comme, à son gré, l'aiguille ne pique pas assez souvent, elle l'aide et voilà qu'elle jette un cri.

Cette fois, l'aiguille a pénétré. Une goutte de sang perle au bout du doigt et la main s'agite dans l'air. On dirait qu'une rose s'est blessée à son épine.

Mais tandis que vite la maman suce le doigt et souffle dessus, Berthe, ses petites épaules secouées comme si elle avait une petite cascade dans le cœur, répond tout de même :

— En-entrez, mi-ignonne !

LIX

— Ma petite fille, je t'assure que les vers de terre ne sont pas sales.

— Maman dit que, si on y touche, ça fait venir des boutons.

— Ta maman dit du mal des vers parce qu'elle en a peur. Toi, tu es plus brave.

— Je l'espère bien, dit Berthe. Alors, papa, je peux les flatter ?

— Comme les lapins, comme ton chat, comme le chien.

— Est-ce que je peux les embrasser ?

— Si le cœur t'en dit. Il faut aimer toutes les bêtes.

Comme il a plu toute la nuit, soit qu'ils se plaisent imprudemment dehors, soit qu'ils cherchent, égarés, leur trou, de grands vers sillonnent ce matin le sable des allées. Berthe suit leur trace fraîche, les récolte par le milieu, et les met dans son tablier.

Après les avoir longtemps promenés et bercés, elle s'assied et les regarde. Elle les tripote, les presse et les vide de la terre brune dont ils se nourrissent. Puis, de ses doigts déjà habiles à coudre, elle façonne, avec les vers, des bagues, des bracelets, des colliers et des cravates. Il ne semble plus que le ver se torde, c'est elle qui le noue et le dénoue à sa fantaisie.

Tantôt elle pétrit une pâte inerte, tantôt elle tire et le ver s'allonge et vit toujours.

Maintenant, c'est un petit fouet, qu'au bout de son bras nu qui sert de manche, Berthe fait tournoyer, plus vite, encore plus vite, jusqu'à ce que le petit fouet se rompe et perde sa mèche.

LX

Berthe fait avec moi sa première partie de pêche et elle porte joyeusement sa ligne, c'est-à-dire une ficelle avec un bâton. Je n'ai rien mis au bout de la ficelle, ni hameçon, ni épingle tordue, de peur que Berthe ne se pique, mais elle croit, puisque je le dis, que sa ligne est une vraie ligne comme la mienne. Elle ne connaît pas les hameçons, elle sait mal à quoi me servent mes amorces ; elle suppose vaguement que je les distribue comme des graines aux oiseaux, et elle me demande si je veux lui en prêter une.

— Pourquoi faire ? lui dis-je ; quand le poisson a très faim, il préfère la ficelle.

— Ah ! dit Berthe.

Installée au bord de la rivière, à la meilleure place, elle remue sa ficelle dans l'eau et je peux, non loin d'elle, pêcher tranquille. Aucune chute n'est à craindre.

Comme j'attrape un poisson, Berthe tire aussi sa ficelle et dit :

— Est-ce qu'il y en a un après la mienne ?

— Non, tu as dû le manquer. Repose ta ligne.

Elle la pose à peine et tire de nouveau.

— Regarde, dit-elle, sûr, il y en a un cette fois.

— Petite sotte, lui dis-je, tu pêches trop vite ! Donne au poisson le temps de mordre, et laisse ta ligne dans l'eau.

— Dieu merci, dit Berthe, ma ficelle est pourtant assez mouillée.

Elle patiente encore un tout petit peu, puis, libre de ne plus pêcher si ça l'ennuie, elle quitte la place et va vers l'arrosoir où je jette mes poissons. Les uns, vifs, nagent au fond et tournent comme si l'arrosoir était un cirque ; les autres, oppressés, de guingois, bâillent à fleur d'eau. Et c'est ce qui amuse le

plus Berthe, de les voir ouvrir et fermer lentement la gueule.

— Ils avaient soif, dit-elle.

Le goût de la pêche lui revient.

Elle réfléchit qu'elle ferait beaucoup mieux
de pêcher ces poissons qu'elle voit, que ceux
de la rivière qu'on ne voit pas.

Aussitôt elle trempe toute sa ficelle, jusqu'au bâton, dans l'arrosoir.

— Je t'avertis qu'ils se méfient, lui dis-je.
Je les ai déjà pris et je doute que tu les
reprennes.

— D'abord, toi tu n'en sais rien, dit Berthe.
Peut-être qu'en buvant l'eau de l'arrosoir ils
vont avaler ma ficelle.

LXI

La campagne se sèche, après la pluie, au soleil reparu. L'air léger, les odeurs tièdes, les feuilles humides, le chant clarifié des oiseaux, tout nous invite, Berthe et moi, à notre promenade quotidienne.

De chaque côté de la route, des ruisseaux d'orage, partis d'un élan fou, se calment peu à peu, ne sont bientôt plus que des flaques et la terre les boit. La perle d'eau qui brillait à la pointe du brin d'herbe, glisse, fond et s'éteint. Si je passe trop près d'une branche, elle m'accroche et me bénit de toutes ses gouttes.

La nature rit de s'être fâchée sans motifs et se pardonne. Elle redevient communicative et attendrissante. On a moins de peine que jamais à l'aimer.

C'est pourquoi j'évite, avec précaution, les limaces qui traversent la route au risque de se faire écraser et, du bout de ma canne, je les jette hors de péril, dans l'herbe.

Elles se ferment comme des rondelles de caoutchouc et secrètent, de stupeur, une mousse onctueuse.

Mais Berthe arrive.

Elle marche derrière toute seule, et me suit à pas menus et la main libre. Dès qu'elle voit une des limaces que j'ai sauvées, elle s'arrête:

— Oh! oh! limace, où vas-tu? lui dit-elle, en la prenant à pleins doigts. Tu désobéis comme moi, quand je monte sur les bords du canal. Tu t'égares, et tu ne pourras plus rentrer ce soir à la maison. C'est bien heureux que je passe par ici, et que je te rattrape pour te remettre dans le bon chemin, au milieu de la route.

FIN

SAINT–DENIS

IMPRIMERIE H. BOUILLANT

20, RUE DE PARIS, 20